Travesías

Proyecto editorial: Pablo Escalante y Daniel Goldin
Consejo asesor: Pablo Escalante, Carlos Martínez Marín,
          Pilar Gonzalbo, Carmen Yuste, Solange Alberro
Coordinador: Daniel Goldin
Diseño: Adriana Esteve
Cuidado editorial: Ernestina Loyo
La propuesta temática original fue elaborada
por Pablo Escalante

El viaje
más largo

Mario Guillermo Huacuja
Ilustraciones de Mauricio Gómez Morín
Apéndice de Carmen Yuste

México

Primera edición, 1993

Para mi hijo Daniel,
que abre los ojos al mundo

D.R.© 1993, FONDO DE CULTURA ECONÓMICA, S.A. DE C.V.
Carretera Picacho Ajusco 227; 14200, México, D.F.

ISBN 968-16-4172-8
Impreso en México

Como un perro fiel que se empeña en seguir a su amo hasta la muerte, así es la experiencia de mi viaje. Me persigue durante el día, se entromete en mis conversaciones, me impregna la memoria y me cala los huesos. A mitad de mis sueños todavía me asalta la zozobra del oleaje encrespado, me inundan los aromas de las plantas salvajes, me iluminan las luciérnagas del trópico en la frescura de la noche y, de pronto, me encuentro caminando por una empinada montaña hacia un fulgor que me quema los ojos. A veces, un aborigen de mandíbulas feroces me acecha con una lanza, y despierto sobresaltado. Y a veces, también, extiendo la mano y alcanzo a tocar su prodigioso vientre, y si despierto trato de regresar al sueño antes de que aquella mujer se disipe como el humo de su propia fogata.

Comprendo ahora que el hecho de viajar tiene un significado mucho más profundo que la mera mudanza de sitio. Viajar es como nacer, salir de la blanda y cómoda prisión del seno materno para abrir los ojos al mundo y empezar a vivir por cuenta propia. Por eso el viaje que llevo dentro me llama nuevamente, en medio de mis delirios, para invitarme a nacer antes de que esta enfermedad me consuma para siempre.

Volveré a nacer, germinaré a través de mi pluma. Voy a poner en el papel mis recuerdos, los retazos de sueños que me asedian dormido, y la escritura será una nueva travesía, una fuga que me permita recorrer el mundo sin importar el destino de mis huesos. Aún ahora, como en ese muelle donde las naves se balanceaban mientras nosotros las abordábamos con el corazón redoblando como tambor de guerra, estoy dispuesto a soltar amarras.

Si he de desnudar mi alma ante los ojos que ahora me leen debo decir que en el momento de embarcarme yo era joven, que llevaba en mi equipaje una veintena de años vividos en capullo –como a la espera de salir al mundo–, y que antes de ese viaje memorable mi experiencia se reducía a la recolección de plantas, mi horizonte era el de los libros, y mi universo eran los cuatro muros de mi alcoba en la ciudad de Vicenza. Durante muchos años, jamás escuché el rumor del mar.

Yo, Francescantonio Pigafetta, llamado por comodidad Antonio y con un apellido tantas veces alterado por desconocimiento o por inquina, nací en familia de notables, fui Gentilhombre de Vicenza y Caballero de Rodas, y era un bicho extraño entre una tripulación compuesta por forajidos y taberneros, mezclados con marineros curtidos por los viajes y oficiales de recio puño. Yo del mar no tenía ni la experiencia suficiente ni los conocimientos debidos, pero era tal mi hambre de probar en carne propia el vaivén del oleaje y las aventuras en alta mar, que no dudé en solicitar el permiso del rey para alistarme como sobresaliente de barco, y en esa calidad atestiguar la empresa más descabellada y más maravillosa que se ha llevado a cabo hasta la fecha.

Aquéllos eran tiempos de ambiciones. Tal vez quien abrió las puertas de la voracidad por el oro, las especias y los tesoros fue el propio Colón, que despertaba codicias con sus relatos extravagantes y que murió, después de varios viajes al Nuevo Mundo, con la ilusión de haber pisado las tierras de Oriente. Después de Colón, y gracias a las cartas de Vespucci –que describían al nuevo continente como si se tratase del paraíso terrenal–, América se convirtió en un territorio rico y conquistable. Pero no para nosotros: nuestro propósito central –al igual que el de Colón–, era llegar a las islas de las especias navegando hacia el Occidente, y para esos fines el continente americano no era más que un estorbo. El desafío, entonces, no consistía en apoderarnos de los tesoros ocultos en el nuevo mundo, sino en bordear sus costas, encontrar un pasaje hacia el Oriente, y volver al punto de partida navegando en una misma dirección. Era una empresa riesgosa y apasionante, que retaba al valor de los marinos y fascinaba a los incautos, como la mirada de una víbora mientras escondía sus venenos.

El hombre que estaba al frente de tan colosal empresa tenía, precisamente, dimensiones de gigante. Pero no por su estatura, que era más bien bastante corta, sino por los tamaños de su voluntad, por su bravura, por su tenacidad y su capacidad de mando. Se llamaba Fernão de Magalhães, nacido en la ciudad portuguesa de Oporto en el año de 1480, pero quien fue mejor conocido como Fernando de Magallanes, el hombre que tuvo el valor de desafiar el pánico por la muerte que todos llevamos en las entrañas.

En ese año de 1519 Magallanes rozaba ya los 40 años, pero su experiencia se aquilataba en más que la de muchos. No era un hombre amable, ni mucho menos. Tampoco era de aquellos hidalgos que se aprecian por su porte, por su gallardía en la montura, o por sus habilidades en el arte de su conversación. No: Magallanes era taciturno, capitán de muy pocas palabras, de figura achaparrada y cojo por añadidura. Pero era un hombre de acción: en el mar sabía aprovechar los vientos y las corrientes, conocía a la perfección la enarboladura de las naves y las minucias del calafateo, y se servía de la brújula y el sextante para empuñar el timón. Una buena parte de su

FERNANDO D MAGALLANES

El Puerto de Sanlúcar de Barrameda

vida la pasó en las Indias, donde combatió a sultanes y zamorines defendiendo la bandera portuguesa, y donde conoció la derrota, la victoria y el naufragio. Pero si he de decir cuál era su atmósfera natural, ese ambiente en el que cada individuo siente su presencia y su albedrío como el ave al desplegar sus alas, yo diría que ese ambiente natural para Magallanes era la guerra.

Sucede que algunos hombres nacen y crecen con el sentimiento de estar desprovistos de algo que anhelan con vehemencia. Ese algo puede ser el amor de una mujer, una comarca para sentar sus dominios, una nave para rasgar los mares con su quilla, un ejército para doblegar al enemigo, un prestigio que resista la erosión del tiempo o una venganza capaz de lavar la deshonra sufrida. Como dicho sentimiento es una fuerza muy superior a cualquiera de las metas propuestas, el hecho de alcanzarlas, lejos de saciar la voracidad de esos hambrientos, sólo profundiza su vacío interior. Por eso, los hombres de esta especie no se bastan con el lecho de la amada, ni con la conquista de continentes, ni con las glorias arrancadas en el campo de batalla, ni con toda la sal del mar. Se trata de seres insaciables.

Me consta que Magallanes era de esta especie, y no sólo por el mero hecho de no participar a nadie sus verdaderos propósitos, sino también –sobre todo– por desplegar en los momentos decisivos ese ímpetu arrollador con el que trataba de colmar su propio vacío. Yo he visto hombres que acuden a la guerra con la devoción de los cruzados; por una idea dejan hijos y mujeres, recorren distancias enormes y van a terminar sus días en el filo hundido de los sables musulmanes; son los soldados de Dios, los mártires que mueren por un deber divino. Pero Magallanes, a pesar de ser un creyente decidido, no combatía en nombre de Dios. Había que verlo en los momentos previos a la batalla para comprender los motivos de su enjundia.

11

Con el mismo fervor con el que blandía la espada al asalto de las naves enemigas, el capitán Fernando de Magallanes preparó el avituallamiento de los barcos. A nadie sorprendió el caudal de maderas para reparar los desperfectos que sufren los cascos de las naves en alta mar, ni la cantidad de tela para los velámenes, ni la estopa para el calafate, ni la cera para las candelas, ni los aparejos para la navegación. Lo que resultaba inusitado, y que dejaba con la boca abierta a los sevillanos que presenciaban el abastecimiento de los navíos, era la cantidad de comida que llevábamos a bordo. ¿A dónde nos dirigíamos? ¿Cuánto tiempo estaríamos en el inmenso país de las olas? ¿Para cuántas gargantas se almacenaban más de dos mil quintales de bizcochos, cuatrocientas quince pipas de vino, doscientas veintiocho arrobas de tocino, doscientas veintidós libras de arroz, ciento cincuenta barriles de anchoas y tantas fanegas de habas, garbanzos y lentejas?

Antes de zarpar hacia un viaje que parecía el más largo de todos los que se habían emprendido, los pañoles de las naves se cargaron de los objetos más inútiles y a la vez más preciados por los indios y nativos de las lejanas islas: veinte mil cascabeles, mil espejos chicos, quinientas libras de cristales, doscientos bonetes colorados y mil maravedíes de peines. Quedaba claro que nuestro propósito central era el comercio; pero, como para mostrar que también tomábamos precauciones en caso de que los naturales nos recibiesen con ánimos de guerra, los navíos igualmente se equiparon con cincuenta y ocho cañones, siete falconetes, tres lombardas, mil lanzas, doscientos escudos, sesenta ballestas y cincuenta escopetas, aparte de los cascos, los cuchillos y las espadas propias de la tripulación. Además, para rubricar su poderío, el capitán mandó fletar para sí una armadura con todas sus piezas, para presentarse ante los nativos como una divinidad de piel impenetrable.

Con ese abultado equipaje partimos, y aún recuerdo vivamente el momento en el que hinqué mi rodilla en la tierra, como el resto de la tripulación, para prestar mi juramento de fidelidad al capitán, quien recibió el estandarte real del emisario de Carlos I de España, y quien por ese hecho fue tachado de traidor a Portugal, su patria original. Estábamos en la iglesia de Santa María de la Victoria en la ciudad de Sevilla, y durante el viaje no hubo ni un oficial ni un marinero que no reviviese, entre el oleaje, la solemnidad de aquel momento. Porque la tripulación distaba mucho de ser uniforme, pero si hay algo capaz de igualar a los hombres en situaciones de peligros y titubeos, ese algo es el temor a la muerte y el deseo de protección divina.

El hecho de zarpar a lo desconocido genera entre los atrevidos un sentimiento semejante, y supongo que compartí con todos mis compañeros ese desasosiego que experimenta el alma cuando se deja la patria para no volver, y que fue la misma desazón que me envolvió cuando las naves levaron anclas con una descarga trepidante de artillería, y cuando el despliegue de la vela del trinquete nos anunció los primeros soplos del viento hacia la libertad de los océanos. Mientras nos arrastrábamos por el Guadalquivir río abajo, cada quien organizando o ejecutando las labores de su oficio, de seguro había un pensamiento colectivo que recorría los cascos de las naves: no sabíamos si llegaríamos a nuestro destino, y mucho menos si regresaríamos algún día. Esa incertidumbre unificaba al Capitán y Veedor de la Armada y al Piloto de su Alteza con todos los marineros; al escribano, al barbero, al carpintero, al cirujano y al calafate; al capellán y a los criados, al sobresaliente y los pajes, a los lombarderos y los grumetes; poco importaban las clases a bordo y las procedencias, porque el mar no hacía distinciones para los nacidos en Portugal o en España, los que hablaban inglés o italiano, los franceses o los alemanes. Los riesgos de la aventura no discriminan a nadie; la muerte nos da trato igual a todos.

Cabe señalar que nuestra partida no fue vista con buenos ojos por todos los enterados. Y no me refiero únicamente a los hermosos ojos de Beatriz Barbosa, la mujer que se había casado con Magallanes volviéndolo vecino de Sevilla y que, a menos de dos años de matrimonio, lo despide con un hijo a cuestas y con el semblante arrasado por el llanto; no. Me refiero sobre todo a Manuel el Afortunado, rey de Portugal, quien creyó perder su buena fortuna con el viaje de Magallanes –a quien consideraba un insubordinado menor–, porque si la expedición a nombre de España llegase a las islas de las especias por Occidente, Portugal quedaría al margen de unos productos que ya dejaban a la Corona la envidiable renta de doscientos mil ducados.

Para la gente de las Cortes, acostumbrada a la formalidad de las tertulias y a repartirse los retazos del mundo entre caravanas, el viaje que iniciábamos era una empresa más a las islas de las especias, con la única diferencia de que nuestra ruta buscaba un paso que parecía imposible entre los dos mares. Si llegásemos a nuestro destino, y si hubiese algún mal entendido entre las posesiones de España y Portugal como resultado de nuestra travesía, la potestad de la Iglesia en Roma se encargaría de repartir las tierras descubiertas con sabiduría. Para los que íbamos a bordo, en cambio, la decisión de levar anclas encerraba también la posibilidad de no regresar jamás, el albur de terminar sin santa sepultura en el vientre de los tiburones o de los caníbales, el riesgo de acabar con los pulmones reventados por el agua del mar. Los reyes y los marinos viven separados por algo más que un océano y, aunque ambos comparten la bravura de la conquista, al rey le atrae más el poder, y al marino le atrae más la vida.

Esta vocación de vivir sin bridas estaba presente en todos los tripulantes, pero había algunos que le robaban horas al sueño para rendirle culto a sus pasiones. Diego Díaz el tonelero, que se encargaba de cuidar el vino con tanto esmero que lo consumía en las horas de guardia sin ser visto, era de los que deambulaban sobre la cubierta en el silencio de las estrellas, buscando en el firmamento lo que no hallaba en el horizonte, como si las luces del cielo fuesen a descubrir la tierra prometida en las fauces oscuras de la noche. Muchas veces lo encontré hablando solo por las bordas, y al ver que me aproximaba empezaba a hablar de sus previsiones e incertidumbres apoyándose en mi mirada, como si la plática hubiese comenzado desde hace tiempo. Hablando con él, como con los demás miembros de la tripulación, tomé conciencia de las enormes dimensiones de nuestras dudas.

Si había un terreno firme sobre el cual tejer algo más que conjeturas, ese terreno eran las cartas de Francisco Serrano, el hombre más próximo al hermético corazón de Magallanes. Este Serrano era un hombre excepcional, desde todos los puntos de vista. Había participado años atrás, en 1510, en las expediciones de Portugal para conquistar Malaca, y en esas lides había salvado el pellejo gracias a la bravura de Magallanes, quien lo había rescatado de las lanzas de un puñado de malayos que lo tenían prendido. A partir de ese lance, los dos guerreros trabaron una amistad cocida sobre el fuego de la aventura, y aunque vivieron separados durante muchos años, la fidelidad entre ellos permaneció intacta. Mientras Magallanes regresaba a Portugal a dar cuenta de su campaña por las Indias, Serrano zozobró en las costas de Lucopino en las Molucas, y ese incidente pareció abrirle los ojos sobre sus verdaderos deseos. Solo, y después de deambular entre la naturaleza salvaje de las islas, decidió darle la espalda al rey de Portugal, a su renta fija como vasallo de la Corte, a los modernos encantos de Lisboa y a la civilización entera, y prefirió pasar el resto de sus días en aquel archipiélago de ensueño y de barbarie, al lado de una morena fértil y generosa, en un estado de rebelde sabiduría. Debo decir que a mí, cuando me enteré de tal historia, me hirvieron los huesos de envidia.

A Magallanes esa experiencia debió parecerle más que atractiva, porque durante los nueve años en los que se prolongó su distanciamiento con Serrano, jamás se interrumpió el intercambio de cartas, y las abundantes informaciones sobre las Molucas ponían en ebullición los planes de nuestro Capitán General de la flota. Por eso pasó un buen tiempo averiguando rutas de cartografía en el archivo del rey de Portugal, y por eso se casó con la idea de que había un paso oculto al sur del continente, donde las aguas de los dos océanos se trenzaban en un salado abrazo.

Para Magallanes las rivalidades y los enconos entre los tripulantes eran detalles sin relevancia. Como había labrado su espíritu marino en los siete años que pasó en las Indias, sabía que las disputas son el hábito y la catarsis de la tripulación, así como los tambores y panderos a bordo sirven para descargar la abulia de tanto mar y para purificar el ánimo. Por ello, desde la partida, nunca le preocupó en demasía la mezcla de razas y nacionalidades a bordo, y jamás reparó en el hecho de que el grueso de la tripulación estuviese compuesto por gente de Sevilla, de Huelva, de Bilbao, de Moguer, de Córdoba y de Galicia; para los españoles, en cambio, el hecho de asistir capitaneados por un extranjero a una travesía de dudoso retorno resultaba una afrenta. Por ello también, desde el principio, se cargaron de relámpagos los nubarrones de la conspiración.

A veces, una figura demasiado corpulenta es un estorbo en lugar de una ventaja. Ése era el caso del grumete Juan Gallego, que tenía la fuerza de un oso en cada brazo, y que podía cargar el ancla de babor a estribor sin mucho esfuerzo. Sin embargo, a la hora de la comida, las raciones de bizcochos y tocinos le resultaban poca cosa, y siempre terminaba de pleito con el despensero por las insaciables exigencias de su barriga. Y lo mismo ocurría a la hora del sueño: al acostarse desplazaba a los demás cuerpos dormidos con su longitud de ballena, y sus ronquidos apagaban el golpeteo del oleaje sobre la borda, convirtiendo las horas de descanso en un concierto de rugidos de fieras. Una noche después de la partida, desesperado ya de sus ronquidos, el marinero Bartolomé Sánchez le arrojó al grumete un balde de agua salada en la cabeza dormida, y en incidente hizo rodar varios barriles de pólvora, aunque el alguacil llegó a tiempo para calmar las animadversiones. A la larga, ese tipo de episodios fueron el pan que nos faltaba cada día.

Carlos, el rey de España, por su parte, esperaba sacar provecho de tal aventura. De su puño y letra salieron setenta y cuatro instrucciones muy precisas para nuestro intrépido viaje a las Molucas, en donde detallaba los aspectos prácticos –como el uso de los aparejos, los casos de racionamientos de comida y la prohibición de los naipes y dados de juegos a bordo–, hasta las recomendaciones para el trato con los nativos, que debía ser lo más cordial posible, sin disparos de bombarda y sin aprehensiones masivas de esclavos. Con su habilidad de mandatario, el rey de España se cuidaba de no entrar en conflicto con el rey de Portugal –a la postre su pariente–, y ordenaba no poner la mano encima de las posesiones de aquella nación hermana; pero también, con su agudeza de comerciante, daba instrucciones muy precisas sobre la canela que se recaudase, el tipo de pimienta, la nuez moscada de su predilección, y sobre todo el oro, las joyas y demás piedras preciosas, que debían ponerse a consideración del veedor, el contador y el tesorero, esas tres personas que en los momentos más difíciles de la travesía decidieron sublevarse contra el capitán.

Magallanes no pecaba de ingenuo, ni mucho menos, y por eso impuso desde que zarpamos una disciplina implacable, que consistía en un sistema de señales que aseguraba la obediencia absoluta de toda la flota a la nave capitana, y de todos los oficiales y capitanes de los navíos al Capitán Mayor de la expedición. Aunque era el segundo barco de mayor tonelaje, Magallanes eligió al Trinidad como nave capitana de la flota, por lo cual llevaba en la popa una tea incandescente para que las otras cuatro naves no la perdieran de vista. A través de las luces encendidas en el Trinidad, las demás naves estaban obligadas a reducir la marcha, recoger o desplegar las velas, extremar precauciones ante la cercanía de escollos o bancos de arena, y arrojar el ancla. Además, antes de caer la noche, cada uno de los barcos debía emparejarse a la nave capitana para saludar y renovar el voto de obediencia a Magallanes, así como para recibir las órdenes para las guardias nocturnas.

Bajo tales consideraciones nos arrojamos a los brazos del océano, y después de completar en Tenerife el abastecimiento de agua y víveres, apuntamos la proa rumbo al viaje más largo de la historia de la humanidad. En un paréntesis del miedo que nos acompañó a medida que nos alejábamos del territorio conocido, jamás me había yo sentido tan dichoso.

Tal vez esa dicha nacía y se acrecentaba con la mezcla de expectativas abiertas por la aventura y el trabajo cotidiano a bordo. Frente a mí se abría la posibilidad soñada en las bibliotecas de Vicenza y Roma de abrir mi entendimiento a plantas, gente y lugares desconocidos hasta entonces, mientras mis obligaciones diarias eran, como las de cualquier sobresaliente, las de ayudar a los grumetes y marineros a izar las velas y sujetar los amarres a los cabilleros; tensar y recoger los foques en el botalón de proa; ayudar a los despenseros en el acomodo y la ración de las fanegas de almendras, las libras de arroz, las jarras de mostaza, las arrobas de quesos, las botas de vino y los demás enseres y comestibles; la

1 Timón
2 Vela Cangreja y Mástil de Mesana
3 Mástil Mayor
4 Sobrejuanete Mayor
5 Cofa de Vigía
6 Vela Mayor
7 Mástil Trinquete
8 Gavia de Trinquete
9 Juanete de Proa
10 Cañones
11 Ancla
12 Mascarón de Proa
13 Botavara
14 Vela de Contrafoque
15 Cabina del Capitán
16 Bandera y Blasón
17 Quilla

LA NAVE VICTORIA

limpieza de la cubierta, de la sentina y de los castillos; el giro del cabrestante para subir o bajar el ancla, y el auxilio a los timoneles y las guardias, además de todo lo que pudiese ayudar al mando de nuestro capitán mayor de la flota.

Yo me encontraba dentro de los rangos más bajos en alta mar, pero llevaba dentro de mí una riqueza mayor que la de cualquiera. A mí, después de haber estado en cortes de reyes y en palacios de pontífices, ya no me atraía el fulgor del oro ni el caudal de la plata, ni el boato de las joyas, y ni siquiera el aroma de la canela o el sabor de los condimentos; lo que deseaba con un peso mayor al tonelaje de los cinco navíos era el conocimiento y la experiencia que apenas se asoman en los libros y las conversaciones. Para mi fortuna, desde que bajamos por la rada de Sevilla y zarpamos de Sanlúcar de Barrameda, tuve lecciones a granel: el mar es una escuela en donde se conocen tanto los caprichos de la naturaleza como las pasiones de los hombres.

Saliendo de Tenerife, bordeando por las costas del continente africano hasta Sierra Leona, conocí el temperamento del océano, con sus calmas apacibles que irritaban a los capitanes y sus marejadas que obligaban a arriar los velámenes; vi peces voladores que nadaban como si fuesen en parvadas, cardúmenes fosforescentes que destellaban en las estelas dejadas por las naves y tiburones cuyas aletas rasgaban la espuma del agua salada; vi pájaros que empollaban entre las olas y un cielo nocturno más refulgente que el que nos cobijaba en tierra. ¿Era ese desfile de estrellas nuestra comparsa, un universo en donde Dios nos había colocado en el centro? ¿O éramos una partícula más entre ese polvo de luces, soñando con ser la cúspide de la creación mientras los demonios se burlaban de nuestras falsas pretensiones?

Sea como fuere, después de rebanar el vientre del océano con las quillas de nuestros barcos –navegando nueve semanas desde nuestra partida de Sanlúcar de Barrameda-, el grito del vigía desde la cofa nos señaló la proximidad de tierra. Por temor a los bancos de arena, con el recuerdo de tanta nave naufragada entre los arrecifes, Magallanes dio la orden de avanzar en cabotaje rumbo al Sur, hasta que dos semanas después entramos en la bahía que llamamos de Río de Janeiro, por ser descubierta el día de San Jenaro. Era el mes de diciembre de 1519, en la víspera de Navidad, y en esas tierras el calor de aquellos meses parecía tratar de derretir el acero de nuestros petos. Estábamos en el famoso Brasil, la tierra que pertenecía al rey de Portugal por la generosa voluntad del Papa, y nuestro capitán se cuidó mucho de obedecer los mandamientos del rey de España en cuanto a respetar los territorios portugueses. Por lo demás, los nativos de tierra firme son tan pacíficos y cordiales que nuestros petos, espadas y demás armaduras estaban de sobra.

Los brasileños, según pude constatar, son seres excepcionales: viven más de ciento veinticinco años, prevalecen en estado de armonía natural, se orientan básicamente por el instinto y no reconocen Dios alguno. Son gregarios y bulliciosos, se tiñen el cuerpo con colores de fantasía y, cuando visten, lucen unas chaquetas muy llamativas, hechas con plumas de papagayo. Duermen en hamacas, unas camas que cuelgan de los árboles, y viven en largas cabañas que albergan a centenares de miembros de la tribu. Son hombres tan cordiales como el clima de la región, y al recibirnos se mostraron de inmediato dispuestos al intercambio de mercancías. Entre risas y ademanes, hicimos grandes negocios: canjeamos seis gallinas por un anzuelo; dos gansos de buen tamaño por un peine; por un cascabel insignificante obtuvimos un cesto de papas -que son un tubérculo con la apariencia del nabo y el sabor de la castaña-, y a cambio de un pequeño espejo nos dieron ocho papagayos. Algunos, los más afortunados, llegaron a intercambiar un cuchillo de cocina por dos hijas de familia pero, como el capitán prohibió el comercio de esclavos, al cabo de un tiempo razonable las jóvenes fueron devueltas a la tribu con la renuencia manifiesta de las partes contratantes.

Era tal el candor de aquellas gentes que -por una feliz coincidencia-, nuestro arribo a Río de Janeiro llegó acompañado de una lluvia largamente esperada por la tribu, y por eso creyeron que nuestras naves eran enviadas del cielo. En consecuencia, al ver que durante la celebración de una misa nos arrodillábamos y venerábamos la cruz del capellán, algunos nativos se acercaron en actitud de temor y respeto, y fácil hubiera sido la conversión de estos incrédulos al cristianismo si hubiésemos dispuesto de más tiempo. A decir verdad, el único defecto que encontré entre estas gentes -y eso lo averigüé antes de que partiésemos hacia el sur del continente- fue el de la fea costumbre de comer la carne asada de sus rivales. Después de cada combate, estos hombres revisan el campo de batalla en busca de cuerpos enemigos, que son arrastrados en parihuelas hasta el fogón casero de la propia aldea. Ahí, los cuerpos son destazados por manos diestras y las partes repartidas según el rango: al jefe de la tribu le toca el corazón y el pecho; los guerreros más valientes pueden elegir la extremidad de su preferencia, y las mujeres y los niños comen vísceras y partes bien seleccionadas, como los dedos y las mejillas. Menos mal -pensé posteriormente- que nos despedimos como amigos.

Mientras izaba los foques y baldeaba la cubierta al recorrer las diecisiete leguas de la desembocadura del río junto a la colina de Montevidi, mi cabeza navegaba en otras corrientes. ¿Dónde aprendió el hombre -me preguntaba- esa horrible manía de comer el pellejo de sus semejantes? Eso no proviene de la necesidad de saciar el hambre, ni del impulso instintivo, ni de la penuria de alimentos, ni mucho menos de la tradición de darle a nuestro prójimo una digna sepultura en el fondo de nuestros intestinos. No: el devorar a nuestros enemigos es un acto de venganza, un ajuste de cuentas, una reparación del daño sufrido. Pero es también un acto de celos y de codicia, porque al comer la carne ajena incorporamos a nuestro cuerpo las cualidades que le envidiamos a nuestros rivales, antes de convertirlos en asado. Hay algo repugnante en esa clase de digestión, obviamente, y resulta escalofriante la idea de terminar nuestros días en las mandíbulas de los nativos, pero tal vez esa náusea que nos producen los banquetes ajenos nos impide ver el hecho de que entre nosotros también existe el hábito tan desagradable de almorzarnos a nosotros mismos.

¿No devora el amo las energías de su esclavo a diario? ¿No es el soldado la carne que es el alimento de la guerra? ¿No chupa el noble la sangre de sus pajes y siervos? ¿No exprime el caballero el sudor de sus escuderos? ¿No son los príncipes capaces de destazarse unos a otros para apoderarse del reino? ¿No vivimos condenando el canibalismo mientras codiciamos la suerte y el pellejo ajeno? ¡Y aún nos escandalizamos hipócritamente cuando los naturales se desean buen provecho!

Una muestra de este canibalismo embozado se presentó en el invierno más crudo que jamás he padecido, en la bahía más lejana de toda civilización, donde se había extinguido, además de cualquier manifestación de vida, la esperanza de llegar a nuestro destino. Eran los primeros días del mes de abril –en el sur del mundo el invierno cae en esos meses–, era el año de 1520, a casi ocho meses de nuestra partida, y la tripulación estaba exacerbada por los fracasos y los sinsabores de la travesía. Atrás estaba la vegetación exuberante de la selva brasileña, la generosidad de sus mujeres y, sobre todo, la promesa de encontrar un estrecho para cruzar el continente y dirigirnos sin mayores obstáculos a las Molucas. Buscamos infructuosamente durante quince días en lo que resultó ser la desembocadura de un río de agua dulce, y navegamos los tres primeros meses del año rumbo al Sur, con el espíritu taladrado por el invierno, en un mar grisáceo de vientos huracanados y barruntos de nieve. En la costa, esos pájaros sin alas que corrían como ejércitos en desbandada eran los únicos animales que soportaban el clima, y en la cubierta de las naves la incertidumbre calaba más que el frío en el pellejo de los tripulantes.

En esas condiciones, cuando Magallanes decidió pasar el invierno en una bahía inhóspita, alejada de toda civilización y buena para sepultarnos en el invierno, los capitanes de los demás navíos se montaron en el descontento de la tripulación para fraguar un motín. Para colmo -aunque siguiendo los dictados de su buen juicio-, el capitán general ordenó reducir las raciones de pan en un momento en el que prevalecía entre nosotros un hambre de caníbal, y la sublevación prendió en buena parte de la tripulación debido a las exigencias de los estómagos.

Debo decir también que, en los tiempos de rivalidad y encono, las diferencias de origen contribuyen a poner el ánimo incandescente. Nadie lo sospechaba, pero eso fue lo que sucedió con los capitanes Juan de Cartagena, Gaspar Quezada, Luis de Mendoza y Antonio de Coca, los cuales, siendo españoles de nacimiento, jamás estuvieron satisfechos con un portugués al mando. El primero había sido aprehendido desde antes de llegar a Brasil por sus insubordinaciones, y los restantes sólo esperaron el momento oportuno para saltar al castillo de popa y enseñar sus dagas.

La ocasión propicia les llegó en la bahía de San Julián, el punto más frío y alejado de la tierra, cuando Magallanes decidió fondear los navíos en un sitio guarnecido para pasar el invierno. Apenas arrojadas las anclas, ya con la noche caída, los españoles liberaron a Juan de Cartagena y juntos se deslizaron en un bote hacia el barco San Antonio, protegidos por la penumbra. El resto de la operación les fue sencilla, porque en poco tiempo pusieron en grilletes al capitán adicto a Magallanes y, mañosamente, abrieron las puertas de la despensa para que los marineros pudiesen comer y beber hasta el hartazgo. Para muchos, ese motín fue la señal indicada para saciar sus apetitos, renunciar a una empresa que exigía una disciplina superior a sus fuerzas, y volver a enfilar la proa rumbo a las tierras conocidas.

Aquella madrugada de abril despertó a Magallanes con la sorpresa de que tres de sus navíos –el Victoria, el San Antonio y el Concepción– desafiaban su autoridad en rebeldía, y que los dos barcos que le seguían siendo leales –el Santiago y el Trinidad, la nave capitana– eran los de menor tonelaje y los menos aptos para la guerra. Ante tales desventajas, muchos pensaron que el capitán general tenía contadas las horas de su mando, y que lo mejor para su causa sería buscar la seguridad de un armisticio. Sin embargo, Magallanes era dueño de esa fortaleza oculta que sale a relucir en los momentos más adversos, y en lugar de capitular y renunciar a proseguir su empresa, envió un bote con cinco marineros leales y con armas escondidas al Victoria, pretextando una simple correspondencia entre los capitanes rivales.

Para Luis de Mendoza –tesorero del rey y capitán del Victoria– aquellos instantes de soberbia fueron también los de sus últimos respiros. Mientras leía sobre el castillo de popa la carta enviada por Magallanes, un alguacil salido del bote subió por las escalas y le clavó sin miramientos un puñal en la garganta, y en esos momentos, con la exactitud con la que aparecen las estrellas, otro bote repleto de gente fiel a Magallanes abordó la nave por estribor, y la tripulación quedó pasmada ante la muerte instantánea de su capitán y la rapidez de la maniobra. En cuestión de minutos, el Victoria se puso al lado de la nave capitana y, cuando el sol aparecía entre las nubes invernales, nuevamente había tres naves cerrando el paso a las dos restantes, pero con la balanza de la flota inclinada en definitiva hacia el bando del portugués.

Como la mayoría de los hombres prefieren ser espectadores de los momentos culminantes de la historia, y como casi todos tienden a situarse en la causa del más fuerte, fueron vanos los intentos de Gaspar Quezada de azuzar a la tripulación del San Antonio contra Magallanes, y la sublevación entera se sofocó sin mayores derramamientos de sangre.

La única sangre derramada, la de los capitanes amotinados, sirvió como ejemplo y escarmiento para evitar futuros disturbios: Quezada murió decapitado por la mano de su único criado –a quien se le perdonó la vida a condición de que fuese el verdugo de su propio amo–, y los cuerpos de Mendoza y de Quezada fueron descuartizados y exhibidos en estacas, a la usanza de la más pura tradición occidental. A Juan de Cartagena y al clérigo Pedro Sánchez de la Reina –implicado también en la conspiración–, por ser el veedor del rey el primero y un prelado de cabeza consagrada el segundo, se les perdonó la vida pero se les condenó al abandono. Meses después, cuando salimos de la bahía de San Julián buscando el paso que nos robaba el sueño, Cartagena y el sacerdote se quedaron en la playa desierta, con unas cuantas provisiones para aguantar un episodio más de sus vidas, y con la bendición de sus compatriotas.

Pero no todo fue invierno y perfidia en aquellas latitudes. Al par de meses de haber anclado en la bahía de la sublevación, como una aparición sobre la playa, vimos absortos el espectáculo de un hombre semidesnudo, de tamaño colosal, bailando y cantando con sonidos guturales, echándose arena sobre la cabeza y señalando las nubes como para indicar nuestra procedencia. Llevaba la cara teñida de rojo con círculos amarillos en los ojos, daba saltos enormes que levantaban una gran polvareda entre la arena, y su estatura doblaba la del promedio de nuestros marineros. Para cubrirse del frío, llevaba sobre la espalda un manto de pieles bien cosidas, obtenidas de un animal fabuloso de estas tierras –que nombran guanaco o llama–, y que tiene cabeza y orejas de mula, cuerpo de camello y patas de ciervo, y que relincha como caballo.

El hombre no parecía guerrero, pero venía armado con arco y flechas que colgaban de su cabellera; pero como Magallanes sabía de la costumbres de los nativos que habitaban los confines más alejados del mundo, descifró su danza como una muestra de buena voluntad hacia nosotros, y mandó a uno de los marineros a saludarle con los mismos gestos, en ceremonia recíproca. Así dio inicio el infortunio del nativo.

Al ver la enormidad de sus pies, que semejaban las paletas con las que están provistos los patos para agilizar su nado, le nombramos Patagón. Estábamos en La Patagonia, tierra de los Patagones. Eran gentes con cuerpo de cedro y corazón de infante. Enloquecían de regocijo con los cascabeles que les obsequiábamos, pero retrocedían aterrorizados al ver su propia imagen reflejada en un espejo. Su voracidad no conocía límites: bebían un cubo de agua de unos cuantos tragos, y daban cuenta de una canasta de bizcochos con una premura inaudita, como si en lugar de estómago tuviesen un barril en las entrañas. Recuerdo el día que uno de ellos se lanzó como felino tras una rata de buen tamaño, y al atraparla la devoró viva, sin quitarle la piel siquiera. Muchos marineros se carcajearon con el episodio, pero yo sentí una mezcla de piedad y repugnancia: el hombre parecía seguir formando parte del reino de las bestias.

A uno de estos especímenes el capitán ordenó que lo apresáramos, y mientras se divertía con las baratijas que le ofrecíamos, le encadenamos con unos grilletes que formaban parte de nuestros regalos. El patagón relinchó como caballo al saberse prisionero, pero con el tiempo se resignó a sus cadenas y se acostumbró al vaivén de vivir a bordo. Yo me le acerqué desde el inicio de su cautiverio, y al ganarme su cordialidad me fue confiando los secretos de su vida primitiva y su relación con el mundo. Fue él quien me enseñó a sacar fuego frotando dos maderas, y quien me fue diciendo las palabras que utilizan los patagones para designar la lluvia, los montes, las nubes, los truenos, las olas, los árboles, la caza y las mujeres; cada vez que me veía llegar con pluma y papel, me explicaba con señas el significado de una palabra para que la guardara en mi escritura. Fue él también quien me dijo que sus semejantes adoraban al diablo llamado Setebos, y que en el momento de la muerte de cada hombre, doce diablos del infierno llegan puntualmente alborozados para bailar alrededor del moribundo. Y fue él también quien, agonizando por inanición y antes de partir de este mundo, me pidió que le alcanzara una cruz para besarla. Hoy, después de todos estos años, yo sigo rezando para que Setebos no se lo haya llevado y se haya vengado de ese primer patagón converso, que perdió su libertad en nuestras manos, pero que murió con el alma purificada y con el nombre cristiano de Pablo, el de los pies enormes.

El Patagón

A mí me nombraron Patagón, el de los pies grandes, el que bailaba por el júbilo que me produjo encontrar a estos hombres caídos del cielo, el que corría el doble que cualquiera de ellos porque su estatura no les daba facilidad de paso, y el que perdió la libertad justamente por tener los pies tan grandes, porque los hombres que llegaron del cielo me pusieron en cautiverio atándome los tobillos con sus tenazas, como si fuera un animal de presa.

Antes de ser Patagón yo era hombre como cualquiera: saludaba al Sol cuando salía, me cubría con pieles de guanaco contra el frío, era diestro con las flechas durante la caza, y tallaba las maderas en las noches para encender el fuego que nos calentaba durante las ventiscas.

De la existencia de los hombres que bajaron del cielo yo ya tenía noción, porque los más viejos de la tribu hablaban de ellos. También hablaba de ellos el mar, porque en los días anteriores a su llegada soplaba el viento con más fuerza, y las olas se estiraban ganando altura, como señalando las nubes con su espuma. Su llegada era esperada como ninguna, y por eso las gaviotas dilataban sus planeos circulares, los peces habían huido de la bahía, y los pingüinos corrían atropelladamente por los arenales, como queriendo levantar el imposible vuelo. Nosotros, los de la tribu, supimos que del cielo lloverían hombres porque nos lo confesó Setebos. Por eso estábamos alertas.

Lo que no sabíamos era que los hombres del cielo fueran a caer directamente al mar, en esos pedazos de madera flotante con troncos de árboles sembrados en sus entrañas. Ni que llegaran cargados de tantos regalos del cielo, como esas pieles que ajustaban a la forma de nuestros brazos, esas bolitas milagrosas y relucientes con sonidos de lluvia en sus adentros, y esos pedernales de hielo, capaces de destazar al animal más grande de la tierra con un tajo bien puesto. Venían del cielo, se les veía en los ojos, pero estaban bien dispuestos para la guerra. Y sobre todo, lo que ignorábamos era la forma y los poderes ocultos de ese objeto aterrador que traían consigo, que era capaz de manejar al Sol y capturar las figuras del mundo. Setebos, que era sabio, ya nos había advertido.

Ese objeto era un pedazo de agua prisionera, porque yo había visto que en el agua se reflejaban las siluetas de la luna y las montañas. Pero poseía una imagen mucho más potente, de esas que seguramente sólo en el cielo existen. Yo vi que en su interior aparecían y desaparecían figuras tan variadas como el ramaje de los árboles, el borde de las nubes o el extraño cabello que crece bajo los labios de los hombres del cielo. También vi que el objeto era capaz de dirigir las luces del sol, hasta el punto de cegar la mirada con sus rayos. Pero lo peor de tan temible hechizo, lo que producía un terror que se apoderaba de todo el cuerpo con más fuerza que las cargas del propio Setebos, era esa cualidad de reflejar el alma propia, el espíritu que habita en nosotros y que es el verdadero dueño del mundo. Yo me asomé con mucha precaución para observarlo, y vi con mis propios ojos esos ojos que parecían salirse de sus cuencos, esos huecos en la nariz que se abrían como para respirar por última vez el poco aire que quedaba, y esa boca de labios enormes que se abrían en el momento en el que yo lanzaba un grito con la garganta agarrotada por el pánico. Mi corazón saltó como queriéndose salir de mi pecho, mientras los hombres caídos del cielo se apiñaban a mi alrededor y reían a carcajadas, y así divertidos se asomaban a su objeto diabólico, para reírse de su propia muerte. En el cielo, eso se acostumbra.

Lo que no sabíamos, ni siquiera por los consejos de los más viejos de la tribu, es que los hombres que llegaron del cielo ignorasen los asuntos de la tierra. Debimos suponerlo, porque en el cielo las cosas son distintas. Hay cosas parecidas, como la risa entre ellos y nosotros, los requerimientos del hambre y la sed, la fatiga y el sueño, la obediencia al jefe de la tribu. Pero hay asuntos que tienen sus distancias. Por lo que vimos, en el cielo no hay mujeres. O las que tienen, las dejaron allá, tal vez por temor a la caída desde las alturas.

Además, estos hombres desconocen los nombres originales de las cosas, y los consejos prácticos para defenderse del mundo y morirse más tarde que temprano. El joven que ha vivido más cercano a mí en mi cautiverio, y que es de los pocos que tienen el entendimiento suficiente como para no confundirme con un animal aprisionado, es el único deseoso de conocer los nombres de las estrellas, la voz que llama a la mujer, el sonido del relámpago, el nombre de la piedra y del peñasco, la palabra que dice que este árbol es diferente del otro. Yo me he desvelado enseñándole que se puede sacar fuego al tallar la punta de un madero contra otro, y he tratado de aconsejarle cómo levantar una choza y recubrirla contra el frío, de qué forma emboscar al guanaco para flecharlo, cómo quitarle la piel para hacer un abrigo, cuáles son los pasos de la danza de la amistad. Es difícil, porque el joven dice a señas que en el cielo no hay esas costumbres, y los usos más indispensables los ven con desconfianza. Por ejemplo, temen meterse una flecha *para rascarse la garganta y sacar el alimento del vientre, y de esa forma evitar un mal mayor. O no se atreven a rasgar la propia piel con un pedernal para que brote la sangre, y aliviar así el dolor en cualquier parte del cuerpo. Ignoran la sabiduría elemental, porque no tienen antepasados capaces de transmitirla. En el cielo, según dicen, no hay ancestros.*

Tampoco parece haber amistad en el cielo, porque yo les ofrecí la mía y ahora estoy encadenado. Eso lo decía Setebos, y por no haber seguido sus consejos me encuentro a merced de sus caprichos y sus dioses. En el cielo se adoran dos palos de madera amarrados en cruz, que es un objeto que reproducen varias veces y lo veneran pegándoselo a los labios y doblando las rodillas al suelo. También tienen invocaciones que repiten varias veces al día, y que tratan de enseñarme para que pueda entrar al cielo recitando en su propio idioma. Yo simulo mucha atención, aprendo las palabras y las repito a su antojo, todo para que no me muestren el objeto mortal que refleja las figuras del mundo.

Mientras sigo las costumbres y repito los ademanes de sus ritos, yo sigo llamando a Setebos. Sé que los hombres bajados del cielo tienen los poderes del trueno y la tormenta, pero Setebos tiene la fuerza capaz de sacudir a la tierra. Ya van varias veces que he sentido su enojo, y por eso los suelos llegan a moverse como el mar inquieto. Además, los hombres del cielo son mortales. Son capaces de sufrimiento y pena, y las enfermedades o el hambre pueden desmoronarlos. Y al morir, eso lo he visto, no regresan al cielo volando como los pájaros, sino que descansan en la tierra con la boca abajo, con el cuerpo en señal de derrota. Nosotros, en cambio, a la hora de la muerte invocamos con fuego a los hermanos de Setebos, y pronto los vemos aparecer danzando alrededor del que va a morir. Por eso, el que va a morir no muere: respira por última vez estos aires, baila al compás de la danza

---

34

de los espíritus, y se disuelve en el torbellino de la fiesta hasta convertirse en nube, en ruido del mar, en fuego que podemos provocar con nuestras manos. Que venga Setebos. Que venga y que me lleve mientras toco con mis labios las maderas sagradas de los hombres del cielo. Que venga y que deje mi cuerpo encadenado a merced de estas tablas y estas olas. Yo no voy a ninguna otra parte. Que sean otros los que vayan. Yo no quiero ese cielo reflejado en los espejos. Que vayan otros al cielo de los hombres de pies pequeños, porque nosotros los Patagones preferimos permanecer hasta el final del tiempo en esta tierra.

CAPÍTULO II

La tarde de nuestra desdicha me tomó con el oleaje encrespado como pocos, trepando por la escala del palo mayor para llegar a la cofa y ayudar a bajar la gavia, y a mitad del aguacero que me lapidaba los pómulos y los costados pude ver a la distancia que el Santiago –el más pequeño y ligero de nuestros navíos–, iba a la deriva, acostado como animal herido, directo al panteón de los arrecifes. En ciertos momentos, la lluvia era tan tupida y el balanceo del barco tan feroz que tenía que cerrar los ojos y concentrar todas mis energías en sujetarme de la escala para no salir volando con la tormenta, y al llegar a los maderos de la cofa apenas pude aferrarme y rodar a la pequeña canasta con un esfuerzo sobrenatural. Desde la cubierta, dos marineros me gritaban que sujetara las escotas de la gavia, pero yo no entendía más porque sus voces se perdían entre los rugidos de la tormenta. Yo hacía lo que podía, en un momento dado pude abrazar la vela y tratar de bajarla con mi propio peso, pero la marejada me quitaba el equilibrio con los jalones del barco y me obligaba a ponerme de cuclillas en el fondo de la cofa para no despeñarme sin remedio hacia el furor del océano. En esos momentos desaparece la noción del tiempo, desaparecen también las fuerzas porque los hombres y sus embarcaciones resultan enanos ante la potencia incontenible del mar, y los últimos jirones de la esperanza se van con nuestras oraciones. Pero así como el mar se encoleriza de pronto, también de súbito se apacigua, y cuando el vaivén del oleaje perdió fuerza y amainó el aguacero saqué la cabeza de la cofa y pude ver, en lontananza, que nuestro pequeño Santiago se estrellaba entre los arrecifes, doblaba sus velas y sus banderas como en señal de duelo, y lentamente se reducía a un cúmulo de maderas flotando a la deriva.

Si existe un suceso peor que la pérdida de un hermano, el incendio de una morada o la traición de una mujer, ese acontecimiento es -sin lugar a dudas-, el naufragio de un barco. Y eso nos sucedió, justamente, en el momento en el que ese barco nos brindaba el sostén de un hermano, el amparo de una morada, y la tibieza y el arrullo de una mujer. El Santiago zozobró dejándonos la familia de la flota trunca, llevándose en su naufragio buena parte de los víveres necesarios para la travesía, pero devolviéndonos intactos los treinta y un tripulantes que llevaba a bordo, los cuales sobrevivieron esperándonos a la orilla de un río, a once días de camino del resto de la flota. Por eso, para rescatarlos, nos dilatamos dos meses en fatigas y acarreos de lentitud extrema, y ellos sobrevivieron bebiendo hielo machacado y comiendo raíces amargas. Por fin, cuando reunimos a los náufragos y los repartimos apiñonados en los cuatro navíos que nos quedaban, zarpamos nuevamente rumbo al Sur, con el temor en la garganta de encontrar el fin del mundo en esas latitudes tan lejanas, y con la certeza de que una nueva tormenta pondría término de una vez por todas a nuestra búsqueda.

Era tal nuestra incertidumbre, que hasta el propio Magallanes se volvió precavido. Después de avanzar un trecho ordenó un nuevo descanso, en la ribera de un río, con la excusa de abastecernos de leña para los barcos y satisfacer el hambre de la tripulación con peces de agua dulce, pero con la clara intención de esperar la primavera para lanzarnos a la embestida final. Dos meses más perdimos por andar con esas precauciones, pero como antes de la partida el capitán ordenó la celebración de una misa y la comunión obligatoria para todos, con seguridad en el cielo se escucharon nuestras súplicas, y el timón de la nave capitana fue gobernado por el aliento divino.

El 21 de octubre del año triunfal de 1520, después de navegar con lentos titubeos hacia el Sur, se levantó frente a nuestros ojos atónitos un cabo flanqueado por blancos arrecifes, que parecía un castillo amurallado con almenas glaciares, protegido por lanzas punzantes vestidas de hielo. Lo bautizamos como el Cabo de las Once Mil Vírgenes, por ser hallado el día consagrado por la iglesia con ese nombre. Nadie, ni el capitán ni los timoneles, ni el más avezado de los marineros, sabía a ciencia cierta la latitud de nuestro paradero.

Como Magallanes se había vuelto pausado y cauteloso, y como ninguno de los miembros de la tripulación conservaba el optimismo, todos nos tranquilizamos cuando el capitán ordenó lanzar las anclas al agua, y mientras fondeábamos las naves Trinidad y Victoria en medio de la bahía que se extendía más allá del Cabo recién descubierto, el Concepción y el San Antonio avanzaron en lento cabotaje por la costa, en misión de reconocimiento.

Entonces sucedió algo que me hizo recordar la penosa suerte del Santiago, y que me impregnó la piel con el sudor más frío que había sentido jamás. Estaba yo en la sentina, limpiando en mi calidad de sobresaliente las entrañas del navío, cuando repentinamente sentí un jalón de fuerza inaudita, como si el casco del barco hubiese recibido un coletazo de ballena enfurecida. Momentos después rodé por las esloras, golpeándome el cuerpo y la cabeza con los maderámenes, sintiendo que el barco había caído preso en un torbellino que lo hacía girar con fuerza y lo jalaba hacia el fondo del océano. Arriba en la cubierta los grumetes gritaban como desaforados, mientras los marineros arriaban las velas y luchaban por conservar el equilibrio. Sólo la voz de Magallanes, que tronaba contra la tempestad desde el castillo de popa, me confirió la serenidad necesaria como para mantener la cordura y tratar de sobreponerme al zarandeo.

Yo había reparado en el hecho de que el mar estaba embravecido, sentía el bamboleo del barco más pronunciado que lo habitual, pero jamás me imaginé que la tormenta hubiese roto la cadena del ancla más pesada que llevábamos, ni que la nave empezara a derivar en círculos, como si fuese una brújula enloquecida. Menos mal que nos hallábamos a la mitad de la bahía, lejos de los arrecifes y de cualquier otro lugar propicio para encallar sin remedio, y que al soltar todos los velámenes el barco perdió el rumbo y la velocidad suficiente como para ir a estrellarse en esas rocas gigantes, del tamaño de los Patagones. Menos mal, también, que estábamos a varias brazadas de mar del Victoria, y que gracias a esa distancia los cascos de los navíos no se encontraron para terminar sus días en el fondo de semejantes aguas turbulentas.

Lo único lamentable del asunto, más que el pánico generalizado y los golpeados a bordo, fue la ausencia del San Antonio y el Concepción, que se habían ido a navegar con ligereza, sin las debidas precauciones como para resistir airosos la fuerza de la marejada.

Los días que siguieron fueron días de incógnitas, días de dudas y malos augurios, y la tardanza nos orilló a pensar que las naves faltantes habían seguido el derrotero del Santiago, cuyas maderas terminaron crucificadas entre los farallones. Peor aun cuando la primera señal de vida que observamos fue una columna de humo que aparecía y se disipaba a la distancia, y que supusimos era el grito de auxilio de los náufragos que habían logrado alcanzar la costa. Pero cuán grande fue nuestra sorpresa en el momento en el que los dos navíos aparecieron como por encanto en la quebrada de la bahía, con sus perfiles intactos y su navegación altiva. ¡Era como si hubieran cobrado venganza del naufragio del Santiago, y hubiesen derrotado a la cólera del mar, poniendo de rodillas a la tormenta! Lo que siguió fue una verdadera fiesta después de tantos meses de infortunio, porque a medida que los barcos que habíamos dado por perdidos se aproximaban a nosotros, vimos cómo sus mástiles se engalanaban con los pabellones, los lombarderos disparaban los cañones sin escatimar la pólvora a babor y estribor, y la tripulación entera se desparramaba sobre las cubiertas con gritos apasionados de júbilo. Era el vocabulario original de la victoria.

Ahogándose de emoción entre sus palabras, el capitán Serrao narró a Magallanes su prodigioso descubrimiento: la propia borrasca, el enemigo que nos había acechado desde el inicio del viaje con sus sentencias de muerte, fue el elemento que ayudó a los barcos a descubrir el estrecho. Al arrojarlos hacia un recodo de la bahía, mientras la tripulación rezaba creyendo que terminaría sus días estrellada en los arrecifes, descubrieron que los acantilados se abrían para dar paso a un estrecho en el que la marejada se volvía dócil, y aprovechando la fuerza del oleaje se internaron por el pasaje salvador hasta salir a una nueva bahía, que se abría nuevamente entre médanos y promontorios, delineando un canal de agua salada que sin duda nos llevaría al mar de las Molucas, a las especias anheladas por todos, y a la gloria que se le esfumó a Colón y a todos aquellos que buscaron en vano la ruta que se abría ante nuestros ojos.

Era un momento decisivo, y entonces vi claramente que a Magallanes le regresó ese aliento de victoria guerrera, ese destello frenético en la mirada que aparece en el cazador que descubre a su presa, esa fuerza irrefrenable que brota del hombre sediento de hazañas. Era evidente que el Capitán General se había despojado de la prudencia adquirida a fuerza de descalabros, y que a partir de entonces sólo confiaría en el empuje de su voluntad para alcanzar su destino.

La voz de levar anclas y desplegar las velas sólo fue el gatillo que disparó nuestra ansiedad contenida, porque en ese momento no había grumete ni marinero que no saltase a la cubierta para soltar amarras, mordidos todos por la curiosidad de abrir la tierra para pasar de un mar a otro. O al menos eso creía yo, que me sentía tan lejos de mis investigaciones librescas y tan cerca de hallar la verdad del mundo.

Por esa causa, me pareció inexplicable lo que les voy a narrar. De inmediato zarpamos los cuatro navíos juntos, internándonos por un pasaje que asemejaba más un laberinto de archipiélagos y montañas que un canal de comunicación entre dos mares, y donde íbamos acompañados únicamente por un silencio de difunto. Esa quietud agigantaba el sonido de las caricias del oleaje sobre los cascos, y acentuaba los perfiles lóbregos de las montañas, que nos vigilaban como testigos mudos de nuestro paso por aquellas aguas vírgenes. Era como si avanzáramos por un conducto arcano y misterioso, que podría llevarnos a un mundo pródigo y extravagante, o a la más espantosa de las muertes. Como en estas latitudes en noviembre es primavera, la noche duraba solamente tres horas, pero el mar retenía el color negro del cielo durante todo el día. A medida que avanzábamos, el canal se ramificaba cada vez más por la abundancia de médanos e islotes regados al capricho de esta naturaleza tan lejana, y muchas veces los estrechos no desembocaban en calas apacibles, sino en mareas encontradas que nos flagelaban los cascos con sus latigazos imprevisibles.

Después de navegar por esa encrucijada durante varias semanas, las bifurcaciones del canal se repetían y

El Estrecho de Magallanes

nos planteaban dilemas cada vez mayores, porque ignorábamos si la ruta elegida era la que nos llevaría a la desembocadura del mar, o si nos adentrábamos por un páramo en el que no habría retorno alguno. ¿Qué extensión tendría la tierra que se interpuso a Colón en su viaje hacia el Oriente? ¿Qué eran esas luces que se encendían y se relevaban en las montañas cuando nos envolvía la noche? ¿Eran fogatas de los aborígenes que se apagaban por el temor que les despertaban nuestros navíos? ¿Eran señales de peligro enviadas por el cielo? ¿Eran luciérnagas de tamaño descomunal? ¿O el preludio de nuestro fin? Tierra del Fuego, le nombra Magallanes.

Y pese a tal incertidumbre se renovaban los signos de nuestra buena fortuna, porque después de hallar el voluminoso cadáver de una ballena que decidió irse a sepultar al rincón más apartado del mundo, el paisaje inició una metamorfosis lenta e imperceptible, que era como un viraje de tonalidad en el color de las montañas, una mayor tibieza del aire, una apertura mayor en el cielo, una reconciliación de todos nosotros con el temperamento del mar.

Para no fallar en nuestros derroteros, Magallanes resolvió dividirnos ante cada bifurcación digna de consideraciones, y por eso navegábamos con los navíos repartidos, el San Antonio y el Concepción por el canal del Sur, y nosotros en el Trinidad con el Victoria por el estrecho del Norte. Así empezamos a divisar a lo lejos las puntas soberbias de unas montañas nevadas, mientras se sucedían ante nuestras miradas embelesadas colinas de un verdor que habíamos olvidado, praderas que cautivaban a los marinos como si fuesen cuerpos de mujeres y, por fin, bosques y manantiales que nos incitaron a tirar por la borda el agua descompuesta de los toneles. De esa manera navegamos hasta fondear en una bahía apacible, sin saber que era la última de nuestro trayecto. Desembarcamos junto a un río de abundante pesca, nos saciamos con sardinas que brotaban como en el milagro de la multiplicación de los peces, y nos tumbamos a retozar junto a los manantiales como felinos recién llegados al mundo.

Pero lo mejor estaba aún por llegar. Nos hallábamos en días de asueto, esperando la llegada de los dos barcos faltantes, y el capitán general envió a un bote en misión de reconocimiento para que bordeara el cabo final de la bahía. A los tres días, los tripulantes del bote volvieron alborozados como nunca. Yo me hallaba recolectando maderas parecidas al cedro, probando hierbas amargas y dulces que crecían junto a los manantiales, y de pronto escuché el escándalo de los grumetes que recibían al bote que había recorrido la bahía en avanzada. Sin saber lo que ocurría corrí hasta la playa, y ahí me di cuenta de que la ceremonia del triunfo es la experiencia más conmovedora de la especie humana. Los marineros del bote habían descubierto el mar. Era el Mar del Sur, el Mar del Oriente, el mar que lame las costas del reino del Gran Khan, el mar que estuvo vedado para Colón hasta su muerte, el mar desconocido por las quillas de los navíos de España y Portugal. La noticia desató una tormenta de júbilo en el interior de todos nosotros. Los marineros se abrazaban, reían a carcajada suelta, se hincaban y levantaban los puños al cielo, como si a mitad de su alborozo estuviesen rezando plegarias de victoria. Magallanes estaba llorando, lo recuerdo vivamente, con un llanto sin fronteras que me contaminó de inmediato, me hizo desplomarme sobre la arena, me hizo dar gracias al cielo a gritos, me hizo besar las hierbas que conservaba entre mis dedos, me hizo llorar hasta vaciar las penalidades de mi vida entera, me exoneró para el resto de mis días de todas mis insuficiencias, me puso en paz con la existencia y me abrió los ojos a las bellezas infinitas del mundo. Jamás Francescantonio Pigaffeta había estado más vivo. Jamás imaginó que pudiese existir ese caudal de dicha.

Pero aquí tenemos, una vez más, el hecho de que la felicidad aparece como un torrente fugaz, inasible y escurridizo, que se esfuma como el humo mientras tratamos de retenerlo con nuestras torpes manos. No nos limpiábamos aún las lágrimas para poder abrir bien los ojos y devorar con ellos el horizonte del mar recién descubierto, cuando lo primero que vemos es que la nave Concepción se aproxima solitaria, sin su acompañante proverbial. El San Antonio había desaparecido sin dejar rastro alguno de su paradero. Después de varios días de exploraciones, fueron vanos todos nuestros intentos de recuperarlo: lo buscamos entre los canales y los escollos, dejamos cartas junto a las cruces clavadas en la punta de las montañas indicando nuestro ruta –como convenimos al inicio de la travesía en caso de pérdida o separación de las naves–, lo esperamos al final del estrecho el tiempo suficiente como para que pudiese reintegrarse a la flota, pero no tuvimos indicio alguno de su paradero.

Lo cierto era que, a las puertas del triunfo total de nuestra empresa, el San Antonio había regresado a España desandando el camino recorrido. Por traición o cobardía, o con el fin de llegar a España con la novedad y la gloria de haber descubierto el estrecho anhelado por todos, el piloto Esteban Gómez hizo prisionero al capitán de la nave, y lo obligó a regresar a Sevilla inmovilizado con grilletes. Este Gómez, aun siendo portugués, guardaba una inquina sin remedio a Magallanes, porque ya hacía tiempo que buscaba interponer sus oficios en la Corte de España para capitanear travesías menos osadas, y el perfil de Magallanes y la envergadura de su aventura lo había reducido a ser un conquistador de segunda línea, una sombra que deambulaba a bordo.

Poco hubiese importado la capitulación de Gómez si no se hubiese llevado consigo al navío de mejor vitualla. Con sus ciento veinte toneladas, el San Antonio era el barco de mayor calado, el que resistía las marejadas con más entereza, y el que guardaba la mayor cantidad de provisiones. Pero no vale la pena perder el tiempo en lamentos estériles: la cobardía, la estrechez de miras y la dimisión son poca cosa para el tamaño de hazañas como la nuestra. Magallanes zarpará rumbo a la historia, el piloto del San Antonio quedará anclado en el olvido. ¿De qué le habrá servido la gloria efímera de llegar a España con la novedad de que existe el estrecho diseñado por los cartógrafos? ¿Quién recordará a ese Gómez a la hora de probar que la tierra es redonda como el vientre de las mujeres encintas?

Nosotros, en cambio, llevábamos el derrotero puesto en el Oriente, y cuando por fin salimos a contemplar la longitud del mar, lo saludamos con el alma tensa como los velámenes. Aunque he de confesar que en ese momento memorable, que resultaba tan importante para la tripulación como para el rey de España, y que era el preludio de la cristianización del mundo entero, tuve una distracción que me separó del sentimiento general de marinos y grumetes, y que me devolvió de golpe a mis indagaciones librescas.

Mientras la tripulación arremolinada sobre la borda se empecinaba en martillar el horizonte con la mirada, como buscando desde entonces el perfil de las costas de Oriente, yo tuve a bien mirar el océano de frente, lo más cerca que pude, inclinándome sobre la regala, para tenerlo casi al alcance de la mano. Me daba cuenta de que era un mar nuevo, de aguas desconocidas, y quería saber si este mar era distinto del otro, el que acabábamos de dejar, el que baña las costas de Brasil, España y Portugal, el que desemboca en el Mediterráneo y el que fue llamado hasta hace poco tiempo el Mar de las Tinieblas. Confieso que, en ese momento, yo también quise tener mi ración de fama y de posteridad, para llegar a las cortes y a los salones de los nobles cargado de experiencia y de gloria y decir: "Yo vi con estos ojos el mar desconocido, el que está más allá

LOS PECES VOLADORES

de tierra firme, y puedo asegurarles que se trata de algo completamente diferente al mar que conocemos". Por eso yo abría bien los ojos para ver el mar bajo la borda, tratando de encontrar la diferencia original entre los mares, y después de un tiempo tuve que admitir que no existía diferencia alguna. Mi conversación sobre nuestra aventura no tendría, muy a mi pesar, el sabor de las especias del Oriente.

Pero entonces sucedió algo sorprendente, que pude presenciar gracias a mi atención puesta en el oleaje cercano, el que golpeaba el casco a unas cuantas brazadas de distancia, y no el que se perdía en la infinitud del horizonte. De pronto –y esto no fue efecto de alucinaciones o mareos–, vi que un pez asomaba la cabeza, salía rápidamente del océano y remontaba el vuelo. Después aparecía otro, y otro más, y en unos cuantos instantes me quedé pasmado ante el espectáculo de un cardumen de peces que saltaban entre la espuma y volaban a la distancia de un tiro de ballesta. ¡Peces voladores! ¿Eran mis ojos los que mentían al ver aquel prodigio? ¿O era el mar desconocido, con todas sus maravillas, el que abría su puño para mostrarlas?

Para verificar si aquel espectáculo era verdad o mentira, llamé al maestre Juan Bautista, a Felipe el calafate, al alguacil Gonzalo Gómez de Espinosa, a León de Espeleta el escribano, llamé a los marineros, llamé a todo aquel que quisiera ver el milagro, y sobre todo llamé al capellán, para ver si la mano del cielo estaba detrás del vuelo de los peces. Pero por lo visto, yo era el único azorado al presenciar aquellos lances. Una parte de la tripulación se abalanzó a ver el evento, pero a muchos en lugar de perplejidad les causó risa. En realidad, estos peces huían de la muerte. Al ser presa fácil de los pescados de mayor tamaño, los peces voladores salían agitando sus aletas, parpadeando entre la espuma del océano, sólo para regresar a las aguas a mayor distancia, y terminar en las mandíbulas de otros peces al acecho. Esa cacería despertó la hilaridad pero también el hambre de la tripulación, y muchos se dieron a la pesca de la nueva especie con mantas y redes. De todos los tripulantes, yo fui el único que mordió el anzuelo de las preguntas metafísicas: ¿peces que vuelan?, ¿con qué facultades cuentan para emprender el vuelo?, ¿cuántas cosas habrá como ésta que no conocemos?, ¿llegaré a ver caballos que nadan?, ¿habrá en algún lugar sobre la tierra puercos alados?, ¿llegará a volar el hombre, como si fuese un ángel?

Hundido en mis cavilaciones, no reparé en el hecho de que había que comer para almacenar energía, y tal vez eso me salvó de la enfermedad y de la muerte. O tal vez fue la Providencia, que jamás me ha abandonado en los momentos de dificultad y titubeo. De cualquier forma, con el supuesto equivocado de que la travesía por el mar recién descubierto sería muy breve, la tripulación dio cuenta rápida de las raciones de víveres, con la excusa de que habría que estar bien alimentados para resistir las tormentas. Pero cometimos un doble error, porque el viaje fue exasperadamente largo –más largo que ninguno–, y en ese mar las tormentas no existen. Es un océano tan tranquilo que lo bautizamos con el nombre de "el Pacífico".

El Pacífico es un mar inmenso, que se puede navegar durante más de tres meses y medio sin divisar tierra firme, y cuyas noches son desfiles de luceros refulgentes que no existen en otras latitudes. Hay que estar ahí, desesperados por las bonanzas prolongadas, para ver en las noches la imponente fiesta de las estrellas, el giro de las constelaciones jamás vistas, la luz de los cometas que desaparecen como el rayo, y esa cruz de estrellas que aparece grabada como el sello de Dios en el firmamento.

Es también un mar exasperadamente cruel, con un sol que cuece la cubierta sin misericordia, y en donde los días transcurren con una lentitud extrema, sin vientos favorables y con un vaivén que parece un arrullo que nos fuese adormeciendo hasta la muerte. Sin huracanes ni violencias de ninguna índole, el mar Pacífico nos declaró una guerra callada y sorda, y nos envió a la muerte por inanición y enfermedad.

Cualquiera que se ha hecho a la mar sabe que el arte de navegar es el oficio más libre del mundo, porque los navíos parten las aguas a su albedrío, y porque sólo basta un golpe de timón para cambiar el rumbo. Pero a mitad del océano los bajeles son también cárceles que albergan la miseria de los hombres, con todas sus mezquindades y sus insuficiencias. Yo había oído hablar de la flagelación que produce el hambre en las entrañas, del sufrimiento generalizado en los tiempos de la peste, y del hedor que despide la muerte cuando ronda con su guadaña por los contornos del mundo. Pero juro que jamás había sentido la cercanía de tanta desgracia unida, y nunca pensé que ese cúmulo de infortunio pudiese caber en un espacio tan estrecho.

A las pocas semanas de haber puesto la proa hacia el Oriente, los bizcochos –que eran una de nuestras provisiones más perdurables– se volvieron polvo revuelto con gusanos y humedecido con orines de ratas, y el agua dulce que guardábamos en los toneles levantaba un fétido olor que alejaba al más sediento de los tripulantes. No habiendo carnada alguna a bordo, difícilmente conseguíamos pescar en los días de mayor bonanza, y los peces que sacábamos provocaban tales riñas a bordo que decidimos improvisar otro tipo de alimentos. Así, aturdidos por los rayos inclementes del sol, tuvimos la mala ocurrencia de empezar a devorar la vitualla del barco, para sofocar con cualquier cosa los apremios del estómago. De tal suerte, nuestras raciones pasaron de los panes a los hilos de las telas, de la carne de los peces al cuero que recubría los mástiles, y del bizcocho al aserrín. De vez en cuando, corriendo con buena fortuna, comíamos carne de rata, que valía medio ducado para el cazador astuto que lograba atrapar alguna. Uno de estos roedores, asado para la cena, se consideraba un verdadero festín. Pero peor que el hambre de los tripulantes resultó la enfermedad. Por comer rata o aserrín, o por ayunar debido a la repugnancia, cundió entre las naves un mal que agigantaba las encías de los marinos hasta reventarlas, y que iba aflojando la dentadura como si fuese una herradura mal puesta en el casco del caballo. Debido a tal padecimiento, los enfermos perdían todo rastro de apetito, primero, y después terminaban con las mandíbulas tan tumefactas, que ya no se encontraban en condiciones de poder tragar bocado alguno, hasta que fallecían por falta de alimento. Así le dimos sepultura marina a diez y nueve tripulantes, incluido el Patagón que me enseñó algunas de sus palabras para designar el mundo.

Fueron más de cien días los que navegamos como si fuésemos tres catafalcos ambulantes, en busca de dignos funerales, hasta que el vigía de la cofa nos devolvió la esperanza perdida con el grito ensordecedor de ¡tierra! Dos islotes desiertos, poblados de unos cuantos pájaros y pocos arbustos, nos devolvieron el sentimiento de que el mundo era algo más que una eternidad rodeada de agua salada. Pero eso fue sólo el principio. Tuve la sospecha –y ese presentimiento rondaba también la cabeza del capitán y los oficiales, de que nos encontrábamos en las inmediaciones de Cipango, y que a unos cuantos días de navegación nos toparíamos de frente con las islas de las especias. Por fin, el 6 de marzo de aquel año providencial de 1521, divisamos en el horizonte las siluetas de dos islas mayores, que sobresalían del agua como jorobas de camellos.

Ese mismo día, por vez primera en nuestra travesía, los nativos resultaron mucho más rápidos, ágiles e intrépidos que nosotros, y en lugar de que nuestros esquifes tomasen posesión de las tierras descubiertas en nombre del rey de España, los naturales tomaron posesión de nuestras embarcaciones en nombre del salvajismo. Con una velocidad que nos tomó por sorpresa, rodearon nuestros navíos con sus canoas de palmeras cosidas, y sin mayores miramientos se dieron al abordaje. Jamás nos imaginamos que fuesen tan diestros en la piratería, y por eso nos quedamos petrificados viéndolos como recorrían la cubierta robando a manos llenas cuanto objeto encontraban a su alcance, huyendo con el botín tan rápido como llegaron. Para colmo, con una habilidad que requiere práctica, cortaron las amarras del bote atado a nuestra popa, y regresaron jubilosos a sus islas después de semejante atraco. Pero su osadía no quedó impune y sin escarmiento: sin pensarlo dos veces, el capitán ordenó el desembarco de cuarenta hombres bien armados para darles a los nativos su merecido, y una vez que recuperamos el bote y recolectamos frutas para dotarnos de provisiones, nos alejamos de esas islas de ladrones, que nos recibieron robando sin ningún recato. Los nativos eran tan primitivos que se azoraban del poder de nuestras flechas y terminaban de desgarrarse el cuero en sus intentos por zafarlas, y al desconocer las artes guerreras no presentaron resistencia alguna. Al dejar atrás los islotes, el humo de sus cabañas ardiendo nos despidió como si fuese la estela de los cañones.

No cabe duda de que fue una recepción bastante inhospitalaria, pero era un hecho ya que nos encontrábamos en las proximidades de nuestro destino. A trescientas leguas de las islas de los ladrones divisamos dos nuevas islas, y en esa ocasión extremamos nuestra cautela cuando vimos la mancha de las canoas que se acercaban a nuestras bordas. Pero aquí la experiencia fue totalmente distinta, porque los isleños se mostraron cordiales y generosos. Tan fue así que en una de sus islas –que llamaban Humunu– desembarcamos para darle atención a los enfermos, y mientras descansábamos de la travesía más larga que cualquier navegante hubiese jamás soñado, entré en contacto con uno de los portentos más extraordinarios de estas tierras cálidas y fecundas.

La primera vez que la vi, como era de noche, su silueta me pareció la de una cabeza humana, y pensé que bien podría ser el trofeo de guerra arrebatado a los enemigos, la cabeza decapitada del jefe o el sacerdote de los rivales, como en los tiempos de San Juan Bautista; pero al acercarme vi que su tamaño era tal vez mayor que el de una cabeza humana, y que junto a ella había un montón de esferas de la misma especie. Ya sin temor me le acerqué para observarla mejor, me atreví a cargarla para calibrar su peso, y mi sorpresa mayor fue que al agitarla descubrí que estaba hueca, y que en su interior guardaba un líquido que se agitaba y sonaba como el oleaje golpeando las esloras del barco. Fue tal mi ansiedad y mi intriga que me robé ese producto extravagante de la playa, lo analicé detenidamente a la luz de la luna, le desbaraté la corteza con mi daga, le quebré su coraza de nuez gigante con una roca, y me embriagué con el sabor del agua más dulce y refrescante que jamás haya probado, y que me bautizó la piel al escurrirse por mis pómulos, mi cuello y mis axilas. Le llaman coco, hijo de la palmera, bola de maravillas, bendición de la tierra.

A los pocos días de mi singular hallazgo, me sucedió un percance que me hizo pensar por un momento que el coco había sido un regalo del cielo para despedirme satisfecho de este mundo. Estaba sobre la cubierta del Trinidad junto al cabrestante, observando a los grumetes que lo giraban para levar el ancla y hacernos a la vela, cuando se me ocurrió lanzar el anzuelo por la borda para probar si, así como en tierra había prodigios, del mar pudiesen surgir especies nuevas y fantásticas. ¿Habría en las islas de las especias peces alados?, ¿estrellas de mar que brillan desde las profundidades?, ¿delfines que saltan escoltando los navíos?, ¿calamares gigantes?, ¿sirenas que pierden a los marinos con sus hechizos? Cuando sentí el primer jalón al anzuelo, quise ver el mar de cerca, y me incliné lo más que pude sobre la regala para tener la mejor visión posible. Y en ese momento, como si el mar me llamara para compartir eternamente sus abismos, una ola repentina inclinó la nave a estribor con mucha fuerza, y al pisar sobre mojado resbalé y caí por la borda, justo en el momento en el que el primer golpe de viento henchía los velámenes y se llevaba al barco al descubrimiento de nuevas islas.

Debo decir, para aquellos que han pasado toda su vida en tierra, que un hombre al agua es un hombre muerto. Sus gritos no se escuchan, el subir y bajar del oleaje impide que su cabeza de náufrago se divise constantemente y, para colmo, la falta de un tripulante a bordo es algo que pasa inadvertido durante mucho tiempo. Por eso, cuando se descubre la ausencia de alguien en el barco, ni el contramaestre ni los oficiales se toman la molestia de dar marcha atrás para buscarlo, porque cualquier marino sabe que el rescate es imposible. En ese momento, el capitán borra al hombre perdido de su lista de tripulantes, y el capellán pronuncia unas cuantas jaculatorias en su memoria. Con esos pensamientos en la cabeza, sentía que mi propio peso me jalaba hacia el fondo del océano, y el agua salada inyectándome con fuerza por las fosas nasales me parecía el tormento final hacia la muerte. Mis movimientos eran desconcertados, mis brazos se agitaban con desesperación y mi pecho empezaba a recibir las primeras bocanadas de la asfixia, pero entonces tuve un impulso providencial en el que logré sacar la cabeza a la superficie, vi el perfil de la nave que iniciaba su marcha hacia el horizonte, pero también vi que a mi alcance había una cuerda salvadora que colgaba al garete del castillo de popa, a la que me aferré sabiendo que era mi última esperanza de salvar la vida. Después grité, desgarré mi garganta a gritos, y aún recuerdo el rostro espantado del escribano León de Espeleta cuando se asomó por la borda y me vio desesperado a merced del oleaje. Entonces, más presto que su pluma, el noble escribano dio la voz de alarma de inmediato, los marineros arriaron rápidamente las velas, y el contramaestre envió un bote para rescatarme de la voracidad del océano. Siempre estuve cierto de que sigo vivo porque el cielo quiso que siguiera vivo, y ahora doy fe de aquella voluntad divina en este escrito. Después de ese holocausto privado vino una verdadera resurrección. A medida que avanzábamos, las islas se sucedían a la deriva en un archipiélago interminable, y sus nombres eran música para mis oídos: Cenalo, Huimangan, Ibusson, Abarien, Massawa. Al llegar a esta última isla, por vez primera, tuvimos una genuina comunicación con los isleños, gracias a las previsiones siempre puntuales de Magallanes. Resulta que, en sus lejanas expediciones hacia el Oriente, guerreando contra los infieles en Malaca, el capitán se llevó consigo a un esclavo llamado Enrique, natural de Sumatra, que venía a bordo no sólo por fidelidad a Magallanes, sino porque su lengua natural era el malayo, el lenguaje hablado en las Molucas. Cuando las canoas de los habitantes de la isla se aproximaron a nuestras naves con su alborozo proverbial, Enrique salió a cubierta para dirigirles unas palabras, y los nativos le respondieron entusiasmados en su propia lengua. Así se entabló la primera conversación entre hemisferios, el primer diálogo entre pueblos completamente distintos, gracias a ese esclavo que había salido con grilletes hacia Occidente, y que había llegado a ser el primer hombre en darle la vuelta a la tierra. Enrique había vuelto, estaba de regreso entre los suyos, pero se había convertido en un puente de unión entre los nativos y nosotros. En ese momento luminoso, me asaltó la idea de que nuestros conceptos más sólidos se disipaban como el humo. ¿Qué era Oriente? ¿Dónde estaba Occidente? ¿No era Brasil y la Bahía de San Julián el Oriente para las

Molucas? ¿Y no eran España y Portugal el Oriente de los Patagones? Antes de caer en la relatividad más peligrosa, volví a concentrarme en lo que sucedía a bordo, donde el rey de la isla había llegado a presenciar uno de los espectáculos más inverosímiles que jamás hubiesen visto los ojos de nativo alguno, y que consistía en una demostración de la invulnerabilidad de nuestras armaduras. Magallanes ordenó a un lombardero que se colocara el peto, las hombreras y el casco, y en seguida mandó a tres de nuestros hombres para atacarlo con lanzas y puñales. Los nativos no podían creer lo que veían, se cubrían los oídos para evitar el sonoro chasquido de los metales, y el hecho de que las armas más poderosas se estrellaran en la coraza y la cabeza de acero del lombardero era una muestra definitiva de que éramos invencibles.

Después de esa demostración vinieron otras, Magallanes aprovechó la comunicación directa a través del intérprete para explicar la utilidad de la brújula y el trayecto descrito en los mapas, y su explicación resultó tan convincente que los nativos llegaron a la comprensión de aquello que nuestros sabios rechazaron durante tantos siglos; es decir, a la noción de que la tierra es tan redonda como un coco de playa.

Para corresponder a las explicaciones y los regalos –el rey salió del barco fascinado con un bonete rojo en la cabeza–, el rey nos invitó a conocer su morada, y Magallanes me ordenó asistir como su representante, junto con un marino de los que sobrevivieron a la enfermedad a bordo. Ambos fuimos invitados de lujo primero en la canoa de vanguardia de la flota –y he de reconocer que los naturales de estas islas son excelentes navegantes–, y después en la choza real del interior de la isla. Nuestra llegada causó gran expectación entre los comensales, y una vez que nos acomodamos sobre unas esteras de carrizos, doblando las piernas en posición de ritual, empezaron a llegar los platillos, y el rey abrió la ceremonia bebiendo vino de coco en su propia corteza, y extendiendo el puño hacia mí como en un gesto de consagración de su invitado. Yo lo imité al beber a fondo, lo cual provocó mucho regocijo entre los presentes, y a continuación nos sirvieron una pierna de cerdo en su jugo cubierta de especias y ramas de exóticos sabores. Juro que no he probado manjar más delicioso en mi vida, con todo y que he merendado en mesas de nobles. Debo decir que esa era la noche del Viernes Santo, el día más importante de guardar ayuno en todo el año, pero antes de hincar el diente en la carne pensé que nosotros habíamos cumplido ya nuestra penitencia, que soportamos el peor de los ayunos en alta mar, que no sería pecado el tener una compensación a nuestras penalidades, y que tal vez el cielo nos estaba adelantando unos cuantos días el Domingo de Resurrección. Exonerado de culpa, entonces, me deleité con el sabor del puerco, después llegaron los pescados asados, el arroz con jengibre, el pan de mijo, los plátanos en racimos, más vino de palmera y el fruto del árbol llamado *betre*, que mastican los nativos, según dicen, para alegrarles el corazón. Hay que imaginar la transformación que sufre un náufrago, condenado a comer puños de aserrín para calmar el hambre, cuando saborea nuevamente los manjares y la delicias de la tierra. Y a mí, que soy experto en el deleite de los sabores y los olores, esta cena me abrió las puertas del paraíso. El banquete se combinó con aromas de estoraque y de benjuí, que los nobles de la tribu utilizan como perfume, y ese ambiente mezclado me mandó a soñar plácidamente con los más bellos jardines de Vicenza.

Al despertar de mis edénicos sueños, vi una cruz imponente que nuestros marineros habían plantado en lo alto de una colina como señal inequívoca de nuestro paso, y mis anfitriones no me daban tregua con sus ofrendas de jugos y frutas silvestres. Fueron tan estrechos los lazos que tendimos con los nativos de la isla, que el propio rey de Massawa terminó sirviendo de timonel de nuestro navío. Con su magnífica orientación por estos mares, y haciendo gala de la reciente amistad que nos unía, nos condujo hasta la isla de Zubu –la mayor de ese archipiélago–, que era considerada el mejor puerto para el intercambio de mercancías. Y en ese sitio, tan cercano ya del objetivo final de las Molucas, mi capitán vivió la cresta última de su grandeza.

Desde que nos aproximamos a sus costas, vimos que la isla de Zubu no sólo era la mayor de aquel conjunto, sino también la más densamente poblada. Sus habitantes vivían en aldeas dispersas y casas construidas sobre el ramaje de los árboles, y su más alto jerarca era un hombre versado en las costumbres del comercio. Humabon, rey de Zubu, no era un nativo ingenuo, atado a sus necesidades más elementales. Conocía el valor del dinero, los acarreos de los géneros en venta, los derechos de los mercaderes. Fue tal su conocimiento y osadía, que antes de aceptar nuestro desembarco nos exigió un tributo para poder anclar en sus costas, lo que nosotros llamamos el derecho de puerto. ¡Imaginen a Magallanes, el enviado del rey de España a conquistar el mundo, pagando tributo a uno de sus futuros subalternos!

Para ventura de todos, en la isla se encontraba un moro de Siam, comerciante de paso, quien al ver la cruz de Santiago sobre nuestras velas alertó al rey de Zubu sobre la peligrosidad de nuestras armas. Al confundirnos con portugueses –y Magallanes debió haber recordado sus andanzas de juventud en la conquista de aquellas latitudes–, dijo que éramos gente de cuidado, que nuestras flotas habían conquistado con fuego de bombardas Malaca y las Grandes Indias, y que al provocar nuestra ira el rey estaría labrando su propia ruina.

Ante tal advertencia, el dignatario pensó más detenidamente el asunto del derecho de puerto, y al cabo de un día recapacitó y mandó decir que no sólo se olvidaba de dicha contribución, sino que estaba dispuesto a dar tributo al rey de España. Su única condición era la celebración de un pacto de sangre para rubricar la nueva amistad. De acuerdo al ritual, tanto Humabon como Magallanes deberían sacarse sangre de los brazos, untarse en el pecho la sangre ajena, y así, mediante ese intercambio de fluidos, establecer vínculos sagrados de confianza y parentesco. Magallanes aceptó de buena gana la ceremonia de tal alianza, y a partir de ese momento la población de Zubu se volcó hacia nosotros con los corazones abiertos.

En Zubu hubo algo mucho más valioso que el habitual canje de presentes. Cuando yo mismo, como enviado del capitán, me presenté ante el rey para entregarle la túnica de seda amarilla y violeta, el típico bonete rojo y varios hilos con cuentas de cristal, vi que el rey estaba comiendo huevos de tortuga en vasos de porcelana. Era porcelana auténtica de China, la añorada Catay que soñaba Colón desde mucho antes de salir de Palos, y aunque nadie reparó en el hecho, a mí se me empañaron los ojos al advertir que habíamos cumplido un círculo de inmensas proporciones: el de llegar a Oriente navegando con la proa puesta siempre en el ocaso.

Los naturales de Zubu eran gente avanzada en muchos aspectos, tenían un sistema de pesas y medidas semejante al nuestro, y eran dueños de un sentido musical muy refinado. Había mujeres educadas especialmente para la música, y en las cenas de celebración aderezaban los manjares con su cadencia. Llevaban el ritmo con tambores muy sonoros, címbalos de buen tamaño y timbales de bronce, y su presencia y sus movimientos eran una delicia para los marineros, habituados únicamente al vaivén del oleaje.

Sin embargo, y a pesar de tener un grado de conocimiento mucho más adelantado que el de todos los nativos que habíamos visto en nuestra travesía, los isleños de Zubu eran presa fácil de la idolatría. Adoraban imágenes de madera con pies vueltos hacia el cielo y rostros de jabalí, y sus rituales eran los más complicados que un cristiano hubiese visto jamás. Uno de ellos, que presenciamos con una mezcla de temor y asombro, se efectuaba con gran algarabía y con el apoyo de todos sus instrumentos musicales, y consistía en el meticuloso sacrificio de un cerdo de regular tamaño. El ritual podría ser la lucha entre la bestia y las mujeres de la tribu, porque los verdugos son dos ancianas que danzan alrededor de su víctima –que permanece fuertemente atado de patas al suelo–, mientras invocan al sol frenéticamente y simulan beber la sangre del animal en una taza de vino. En medio de un sonido de trompetas, con el fulgor de una antorcha cuando se disipa la tarde y entre una muchedumbre que aguarda el final del cerdo con una murmuración creciente, una de las viejas toma una lanza con la que amaga el corazón del animal, mientras empieza a danzar a su alrededor con un compás hipnótico. Llegado el momento, la vieja infla las mejillas como si fuese a reventar por el esfuerzo, y grita al clavar la lanza en el corazón del cerdo para consumar el sacrificio. En ese lapso hay una atmósfera de exaltación total entre los presentes, y la ceremonia concluye cuando la vieja apaga la antorcha que nos alumbraba introduciéndola en su propia garganta. Mi impresión fue tan grande, que de pronto sentí un nudo fulminante cerrarse sobre la mía.

En esos casos, y considerando el grado de vehemencia con el que estos nativos ejercitaban sus ceremonias paganas, cualquier otro conquistador hubiese terminado a espada y fuego con esas prácticas. Pero Magallanes, a pesar de ser un guerrero nato, era un hombre de nobleza prístina con sus amigos. Por eso desde el momento en el que el rey de Zubu renunció a sus ambiciones tributarias y selló la cordialidad de su trato con su propia sangre, Magallanes consideró a los habitantes de la isla como sus aliados, sus súbditos más devotos y, en buena medida, como sus hijos.

En Zubu tuvimos una experiencia que va mucho más allá del mero intercambio de regalos o mercancías. Claro está que también mercadeamos oro por bronce, arroz y cerdos por baratijas, pero el auténtico canje de valores ocurrió en el espíritu de todos nosotros. Ellos, por su parte, nos brindaron una hospitalidad que yo no había conocido en las mansiones de los nobles de Roma o de Florencia; nosotros correspondimos enseñándoles la senda de la verdadera fe. Y su conversión fue tanto más franca y total si consideramos que quien los indujo al cristianismo no fue un sacerdote versado en la conversión de los infieles, y ni siquiera el capellán de la flota, sino el propio capitán Magallanes, conquistador de Malaca, vencedor de los mares.

Si mi memoria no naufragó como el Santiago, recuerdo que fue el apóstol Tomás quien dijo que no creía en la resurrección de Cristo si no veía en sus manos la hendedura de los clavos; y yo, como Tomás, tuve que ver para creer. El pasaje de mi incredulidad en los prodigios empezó con una discusión sobre el papel de los padres en esta vida terrenal. Según nos informaba el intérprete, los isleños tienen costumbres rupestres hacia los progenitores, porque los desechan al llegar a cierta edad, y la autoridad pasa automáticamente a los hijos en edad de merecerla. Este hábito –tan práctico para ellos– alarmó de sobremanera al capitán, quien de inmediato los increpó por faltar al mandato divino de honrar y respetar a los padres no sólo hasta el momento de su muerte, sino aún después de que sus restos descansan bajo tierra.

Mi impresión de Magallanes era la de un hombre voluntarioso, de espíritu firme en la adversidad, tenaz como ninguno, pero imposibilitado para el debate de las ideas o el convencimiento por la palabra. Como hombre de acción que era, las palabras no eran una de sus predilecciones, y siempre prefería resolver los dilemas mediante la actividad y la lucha, en vez de entregarse a las discusiones estériles. Pero en esta apreciación, como en muchas otras que giraban alrededor del capitán, también me equivoqué.

Yo fui el primer sorprendido al ver a Magallanes hablar a los nativos de los pasajes de la Biblia, como si nuestro bragado capitán fuese un predicador febril. Con la misma resolución con la que ordenaba hacernos a la mar, hablaba a los atónitos naturales de Zubu de los mandamientos dados a Moisés, de la descendencia de Adán y Eva, de la igualdad de los hombres ante Dios, de la dicha eterna para los hombres de buena voluntad y del fuego incesante para los malvados. Había que ver la transfiguración que fueron sufriendo los infieles al escuchar la palabra divina en los labios de un guerrero, el paso de los salvajes de la incredulidad a la fe, su anhelo de conocer a fondo los Evangelios.

Pero lo más inconcebible estaba por llegar. Una vez que los nativos que escucharon a Magallanes hablar de Jesucristo estuvieron dispuestos a abrazar la verdadera religión, los vacilantes dijeron que primero debían terminar los sacrificios iniciados a los ídolos, para sanar al enfermo más importante de la isla. Se trataba del hermano mayor del príncipe, venerado como el hombre más sabio y más valeroso de la tribu, quien había perdido el habla por una enfermedad desconocida. Al tener noticia del asunto, Magallanes tomó la decisión más temeraria de su vida. Dijo que si los isleños quemaban a sus ídolos, y si permitían el bautismo del enfermo, éste sanaría de inmediato. Por si esto fuera poco, el capitán apostó su propia cabeza si la realidad le desmentía.

Con la determinación inflexible que siempre le acompañó, Magallanes salió de inmediato a casa del enfermo, y una procesión expectante le siguió los pasos. Cuando llegamos a su aposento, el enfermo daba la impresión de estar acabado, con los ojos hundidos en sus órbitas, el ánimo decaído y sin habla. Sin perder tiempo, Magallanes ordenó distribuir el agua en varias vasijas, y con ellas bautizó al doliente, a dos de sus mujeres y a diez de sus hijos. Entonces ocurrió el prodigio. Después de muchos días de mutismo el hombre habló, y lo primero que dijo fue que se sentía mejor. Magallanes puso la rodilla en la tierra para agradecer a Dios por el milagro, y todos los presentes imitamos su recogimiento. Después envolvió al enfermo en una frazada, y al salir de su choza se encontró con una multitud que le reverenciaba sin reparos. Todos extendían los brazos para tocarlo, como si fuese un resucitado.

Al quinto día después de su bautismo, el enfermo sanó del todo, y lo primero que hizo fue acaudillar una movilización colectiva para quemar todos los ídolos de la isla y convertir a sus habitantes a la religión de la Cruz, el emblema que ondeaba orgulloso en nuestros velámenes. En cascada, todos los habitantes se abalanzaron hacia su propia conversión, y entonces pensé que se trataba de un acto de fe verdadero, porque no era provocado por el temor a la lanza, el martirio del potro o los exorcismos de la Inquisición. Al revés de muchos otros conquistadores, Magallanes había logrado extender la religión de Cristo sin la explosión de las bombardas ni la inmolación de los paganos. Aquella fue una victoria total.

Los detalles del portentoso bautismo del rey de Zubu y de su corte completa parecieron extraídos del Génesis de la Biblia. Era una mañana soleada, un domingo de abril, y todos los habitantes de la isla asistieron como espectadores a esa ceremonia irrepetible. En la plaza de la aldea levantamos un tablado adornado con tapicería y ramaje de palmeras. En el centro, dos sillones de terciopelo esperaban al rey de los infieles y al capitán de Cristo. La reina lucía radiante como siempre, con su vestido negro y blanco, su sombrero de palma en forma de quitasol, y sus labios y sus uñas refulgentes por el rojo que las teñían. En el momento solemne, cuarenta hombres descendimos de las naves, y el estruendo de las bombardas ahuyentó a la concurrencia. Magallanes y el rey de la isla se abrazaron, intercambiaron palabras de alabanza y oraron juntos. Las puertas del cielo se abrieron, el agua bendita cayó sobre la cabeza del rey, y en ese momento Humabon, monarca de Zubu, se convirtió en Carlos, en honor de nuestro Emperador. Entonces pensé que en España el otro Carlos, el hombre más poderoso sobre la redonda faz de la tierra, ignoraba que sus dominios alcanzaban ya estas islas de maravilla, y que sus vasallos acababan de sacrificar sin miramientos a sus antiguos dioses para ofrecer una muestra concluyente de su lealtad.

LA CONVERSIÓN DEL REY DE ZUBU

Yo soy Humabon, el rey más temido y respetado de la isla de Zubu y sus alrededores, a quien siguen los jefes de las aldeas de Cingapola, Mandani, Lubicin y Lalan. Soy el marido de la mujer más bella de la isla, quien no da un paso sin ser altiva, y quien cubre su cabeza con un velo de seda con rayas de oro para deleitar mi mirada. Soy el hermano de Bondara y Cadaro, nobles de corazón guerrero y sabiduría muy añeja, quienes acuden a mi consejo cuando los tiempos les son desfavorables. Soy el enemigo de Cilapulapu, rey de Mactán, quien envidia la longitud de mi isla y el tamaño de mis dominios, y quien se niega a rendirme tributo por inquina y rencor. Soy Humabon, el rey más astuto de Zubu, el que conoce el poder del dinero y el tráfico con los hombres de mar, el de las joyas que cuelgan de sus orejas y el del vientre saciado siempre con los mejores manjares de la tierra. Soy Humabon, el que nació para gobernar la isla.

Y ahora también soy Carlos, el que se pone el nombre de un monarca lejano para confundirse con su poder, el que acepta con docilidad el signo de la cruz de madera para salvar los huesos propios y los de su tribu, el que renuncia a recibir los tributos del hombre blanco para cobrarlos a manos llenas después. Soy Carlos, el que sabe del poder demoledor de las bombardas y la resistencia férrea de las armaduras, el que ha visto las imágenes sagradas de los españoles y las venera con devoción, el que inclina la cabeza para recibir el agua del bautismo mientras sus ambiciones crecen, el que arenga a su tribu para recibir esta ceremonia de magia con la que venceremos a nuestros enemigos, y el que dice que el nuevo Dios hará rugir nuestra voz como el estruendo de sus artefactos humeantes.

Soy Carlos Humabon, el único rey cristiano de estas islas, el ahijado del conquistador Magallanes, el favorito lejano del rey de España, el monarca nativo que en un golpe de suerte se puso del bando de los señores del hierro y la espada, paladines del mar, auténticos dueños del mundo.

Soy Carlos para los navegantes invictos de España.

Soy Humabon para los aldeanos indefensos de Zubu.

CAPÍTULO III

A un paso de las Molucas, nuestra expedición se hallaba en el umbral de la gloria. Habíamos bordeado las costas del Nuevo Mundo, hasta encontrar el estrecho que sirve de paso de un mar a otro; habíamos surcado el océano más extenso de la tierra, desconocido por los españoles y portugueses, y habíamos llegado –aunque con la tripulación diezmada– a un puñado de islas fértiles y generosas; habíamos tomado posesión de las tierras descubiertas de manera pacífica, y habíamos convertido, con tan sólo el poder de la palabra, a cientos de aborígenes paganos; contábamos con la fidelidad de un nuevo rey cristiano, y nos disponíamos a lanzarnos victoriosos a nuestro último destino. Después de haber superado obstáculos que parecían insalvables, la tripulación había recobrado el ánimo triunfal de los conquistadores, y a nadie se le ocurría que una decisión infortunada pudiese arrastrarnos nuevamente al desastre.

Probablemente los malos augurios habían comenzaron días atrás, porque los nativos nos alertaban que un pájaro negro llegaba por las noches a posarse en las cabañas donde descansábamos. O tal vez la desgracia empezó a tejerse lentamente desde el bautismo del rey de Zubu, a quien Magallanes prometía un apoyo sin reservas. Lo cierto es que el capitán, quien siempre se distinguió por su capacidad infalible para diseñar estrategias, en esa ocasión se equivocó en todos sus cálculos.

Cerca de la isla de Zubu se encuentra la de Mactán, la cual no por ser de menor tamaño se encuentra mucho menos poblada. Y como a lo largo de este archipiélago cada jefe de aldea o rey de cualquier islote se siente con derechos sobre los demás caciques, las rencillas abundan y los choques entre los nativos son frecuentes, y existe una lucha sin cuartel por el predominio de los mares. En esa atmósfera, el apoyo que brindamos al rey del Zubu no fue visto con buenos ojos por algunos reyezuelos, y en especial uno de los jefes de Mactán, llamado Cilapulapu, nos mostró desde el principio su animadversión y encono.

Este Cilapulapu ni siquiera era el soberano absoluto de la isla, ya que compartía el poder con otro jefe llamado Zula. Y eran tales las desavenencias entre ambos, que Zula envió a Magallanes a su propio hijo con un presente que consistía en un par de cabras, mientras que Cilapulapu prohibió a sus vasallos la entrega de cualquier tipo de víveres a nosotros, a quienes consideraba un puñado de advenedizos. Además, era conocido el odio que Cilapulapu guardaba a Carlos Humabon, acrecentado entonces por habernos brindado hospedaje. De manera que, cuando Magallanes le exigió la sumisión hacia el rey de España, Cilapulapu le declaró la guerra.

La actitud del rey de Mactán le resultó a nuestro capitán una excusa perfecta para demostrar nuestra superioridad con el filo de las espadas. Aunque Magallanes se caracterizó durante toda la expedición por evitar el uso de las armas, supuso que los nativos de estas islas necesitaban una muestra palmaria de nuestra fuerza, porque lo visto hasta entonces no era bastante. Habían huido ante la descarga de las bombardas, habían participado de una ceremonia tan extraña para ellos como el bautismo, habían tocado la dureza de las armaduras, pero no habían visto la acción ejemplar de derrotar al enemigo. Los testigos de la curación milagrosa fueron escasos, y ese tipo de eventos no los impresionaba lo suficiente. Tal vez, el más sorprendido por el prodigio fui yo mismo, porque jamás pensé que Dios utilizara al capitán para sanar a los dolientes de estas comarcas.

Con esas consideraciones, Magallanes dijo a Carlos Humabon que él mismo le daría su merecido al rey de Mactán, para dejar en claro en cuál de los bandos residía la verdadera fuerza. El rey de Zulu, receloso de que nuestra partida dejase una estela de rencores en su contra, no se mostró como un partidario entusiasta de tal aventura. Dijo a Magallanes que sabía que en Mactán había cerca de seis mil isleños aguardando nuestro desembarco, y que la bahía estaba llena de trampas para que muriésemos antes de presentar combate. El capitán Juan Serrano, por su parte, aconsejó a Magallanes no lanzarse a un asalto de esa envergadura con la tripulación diezmada por las enfermedades de la travesía, más aún cuando pensaba que no sacaríamos ningún provecho de tan riesgoso lance.

A pesar de las advertencias, Magallanes resolvió atacar la pequeña isla de Mactán. ¿Qué podría el insignificante Cilapulapu contra el heraldo del rey de España? ¿No contaba Magallanes con el respaldo divino, que le confirió el poder necesario para sanar a un enfermo? Además, a juicio de nuestro denodado capitán, el asalto a Mactán sería apenas una pequeña escaramuza, y no una guerra extenuante. Con toda seguridad, los naturales de la isla huirían en estampida al escuchar el trueno de las bombardas; se rendirían al constatar que sus pedradas chocan con el hierro de nuestras corazas; aullarían al probar el tajo de nuestras espadas, y sería tal el escarmiento que caerían de rodillas jurando fidelidad al rey de Zubu y al emperador de España. Ante semejantes evidencias, ni siquiera recibimos la comunión en la víspera del asalto.

A la medianoche del 26 de abril zarpamos de Zubu rumbo a Mactán, cuyos perfiles aparecieron en el horizonte poco antes de la alborada. Navegamos sesenta hombres repartidos en tres lanchas, con una comitiva de cerca de mil nativos que acompañaban en canoas al caudillo de Zubu. Al llegar a la bahía, Carlos Humabon propuso a Magallanes lanzar a sus huestes apenas despuntase el día, porque los de Mactán habían cavado zanjas con lanzas en su interior para que cayésemos en ellas confundidos por la oscuridad de la noche. El capitán aceptó la propuesta de aguardar a la madrugada, pero se negó a pelear con el apoyo de los vasallos de Zubu. Se trataba de escarmentar a los de Mactán pero, antes que nada, el propósito del asalto era el de ofrecer a todos los nativos del archipiélago la más convincente demostración de nuestro poderío.

Como muestra postrera de buena voluntad, Magallanes envió al comerciante moro a deliberar con Cilapulapu, con la oferta de hacer las paces si el rey de Mactán aceptaba la autoridad del rey de Zubu, convertido ya en el vicario del rey de España en aquella parte del mundo. De lo contrario, decía el mensaje, los habitantes de la pequeña isla serían sometidos con el rigor de nuestras temibles armas.

A Cilapulapu nuestras palabras no le amedrentaron en lo absoluto. Respondió con altivez que para lanzas estaban las de ellos, aunque fuesen de cañas y de estacas afiladas a fuego. Ante esa respuesta, Magallanes no tuvo más alternativa que ordenar el asalto.

Cuando estaba yo en Vicenza encerrado entre los pétreos muros de mi alcoba, sediento de salir a navegar y conocer el mundo, jamás imaginé que mis caprichos me llevasen a lanzarme, espada en mano, contra una legión de salvajes. Mis ambiciones se reducían al escrutinio de la vegetación del mundo, el recuento de las aves raras y los peces nunca vistos, y la posterior conversación de las maravillas que registraron mis ojos. Para mí, que crecí entre los pasillos de los palacios de los nobles y la sabiduría de las lecturas, la guerra era algo que escapaba de todos mis cálculos. Y sin embargo ahí me encontraba, con mi pesado casco enfundado hasta las cejas, mi armadura en el pecho y mi espada presta, caminando con el agua en la cintura hacia la playa infame de nuestro destino. Éramos cuarenta y nueve hombres de lidia entre capitanes, marineros, grumetes, sobresalientes, criados, calafates y toneleros, más once cristianos que se quedaron en los botes a la distancia, porque los arrecifes parecían más peligrosos que los nativos. Atrás de los botes, un cardumen de canoas con los vasallos de Zubu cerraba la bahía, conformando un público muy numeroso del apasionante espectáculo de la guerra.

La esperada batalla se inició como un intercambio de ruidos. Mis oídos estaban habituados al murmullo del mar, y en esa madrugada podría decir, por el chasquido del oleaje sobre las armaduras, la cantidad de soldados que nos aproximábamos a tierra firme. Pero a medida que se destacaba el resplandor de la alborada detrás de la isla, empecé a escuchar un rumor en ascenso, una especie de coro lejano, que por momentos apagaba el clamor de los pájaros y se esparcía por la longitud de la playa, como si hubiese ráfagas musicales en el viento. Eran las huestes de Cilapulapu, que se comunicaban con sonidos guturales muy finos, mandando señales que eran estrategias para la batalla. Así, cuando estuvimos a un tiro de ballesta de la playa, del follaje apareció súbitamente una larguísima fila de soldados salvajes, agitando sus escudos de corteza de árbol y aullando como animales, para anunciar con ese escándalo el inicio del combate. Desde los botes, los arcabuces respondieron con la explosión de la pólvora, y la voz de Magallanes retumbó en el corazón de la bahía para ordenar el ataque. Desde ese momento, mi corazón empezó a latir con el agitado palpitar de la pelea.

A pesar de su superioridad numérica –los de Mactán eran varios miles de guerreros–, nos lanzamos a la ofensiva hacia el centro de la formación enemiga, confiando en que los arcabuces los ahuyentaran a los primeros disparos. A medida que nos acercábamos a la playa, el nivel del mar descendía de nuestros muslos hacia los tobillos, y eso nos permitía avanzar con mayor ligereza; sin embargo, estando al alcance de sus lanzas y saetas, nos disparaban desde todas direcciones, y aunque la mayoría de sus dardos eran esquivados o se estrellaban en el hierro de nuestros cascos y petos, lo tupido de sus proyectiles nos impedía tener rapidez de movimientos y visión para el ataque.

La primera nube de flechas que nos lanzaron nos pareció inofensiva, pero de todas formas llegó hasta nuestros cuerpos. En cambio, el fuego de nuestros arcabuces se quedó corto en la distancia, porque los botes estaban fondeados lejos de los arrecifes, y más lejos aún del enemigo. En un principio, yo mismo vi que muchos isleños corrieron espantados por el tronar de la pólvora, pero al ver que nuestras armas hacían mucho ruido y poco daño, los salvajes se reagrupaban para enfrentarnos en masa. Entonces el capitán dio la orden convenida para la acción de los ballesteros, y confieso que fue un espectáculo hermoso ver a nuestras saetas volar en formación hacia la playa, sobrepasando nuestras cabezas, para incrustarse en los escudos del enemigo. Aquel fue un ataque alentador pero efímero, porque la distancia reducía la efectividad de las flechas, y aunque unas cuantas lograban herir a los nativos en los brazos, traspasando sus pedestres escudos de madera, las heridas no los ponían fuera de combate, sino que los espoleaban a la lucha.

Cuando por fin llegamos a la playa, los isleños no presentaron un combate cuerpo a cuerpo, con lo cual hubiesen probado el filo de las espadas, sino que guerrearon a la distancia, arrojando desorganizadamente sus lanzas de carrizo, sus flechas envenenadas y las piedras o la tierra que encontraban a su alcance, y esa estrategia de combate nos hizo sumamente difícil el estar siempre a la ofensiva. Nuestro principal aliado, que era el pánico que despertaban nuestras armas entre los nativos, parecía haberse retirado del campo de batalla. Los isleños de Mactán no sólo nos habían perdido el miedo, sino que además peleaban buscando nuestros puntos débiles, que eran la piernas desprovistas de armadura. Recuerdo a un nativo que, en el fragor de la batalla, se lanzó sin recato al muslo del sobresaliente Juan de Torres, le hundió uno de sus carrizos cocidos al fuego, y se aferró a sus piernas como mastín de presa. El español, para defenderse, le enterraba varias veces una daga en el costado, en lucha cuerpo a cuerpo, mientras ambos rodaban por el declive de la playa. El nativo estaba herido, sangraba como animal destazado, pero lejos de rendirse por el filo de nuestras armas tensó la quijada y mordió con rabia canina el muslo del sobresaliente, quien aullaba de dolor y pedía auxilio para desprenderse del maxilar de aquel temible moribundo. Entonces llegó Rodrigo Nieto, uno de los criados metidos en la refriega, y le clavó la punta de su alabarda al nativo. Yo mismo vi que su piel se desbarató en jirones, pero estuve cierto de que su espíritu murió sin el temor paralizante a los hombres de barba y casco, nosotros mismos, los enviados invencibles del rey de España.

Seguramente al ver esos desplantes de valentía Magallanes dio la orden de quemar la aldea más próxima a la playa, para ver si el fuego de sus moradas les infundía esa alarma sobrecogedora a los nativos. Yo, que estaba siempre dispuesto a ser el primero en acatar las órdenes del capitán, salí de la playa entre las rocas con una docena de los nuestros, y al llegar al claro en el que estaba la aldea, aprovechamos un fogón de los propios nativos para incendiar las chozas de carrizo. Al percibir el humo y el crujir de la paja los pocos habitantes que había en el poblado salieron en estampida, grupos de mujeres con sus críos a cuestas y el espanto dibujado en los rostros, momento que aprovechó un grumete para prender a una mujer de los cabellos y tratar de saciar sus apetitos a mitad de la guerra. Eso fue un error que pagó muy caro, porque su tardanza retrasó la operación entera, y dio tiempo a los nativos para llegar en auxilio de los suyos. Así, al ver que una veintena de sus moradas ardían sin remedio, los isleños tuvieron un arrebato de cólera, algunos de ellos se lanzaron en contra nuestra traspasando las llamaradas, y el grumete que luchaba cuerpo a cuerpo con la mujer en otro tipo de combate, terminó sus apremios con una lanza que le abrió la espalda justo debajo del cuello.

En esa escaramuza cayeron dos de los nuestros, y los restantes volvimos a la playa a combatir junto a Magallanes. Habían pasado ya varias horas de estar peleando, los de Mactán recogían a sus heridos y contraatacaban con las lanzas que sacaban de la carne de su propia gente, y al conocerse la noticia de la aldea incendiada se lanzaron en tumulto contra nosotros, con los cuerpos por delante, como si su inmolación fuese un tributo a cambio de nuestra muerte. En ese ataque frenético, muchos probaron el acero de nuestras espadas. Uno de ellos, de muy buen tamaño, se arrojó en mi contra aullando por su propio sacrificio, y cuando lo tuve a la distancia le ensarté mi daga en el pecho, justo a mitad de los pezones, y vi cómo sus ojos desorbitados me clavaron la mirada desde el fondo de su agonía, mientras su cabeza caía contra la mía y me derrumbaba por el impulso.

Tardé en incorporarme porque el peso del nativo y las libras de mi armadura me oprimieron contra la arena, y en el momento en el que me puse de pie para seguir la lucha con el ánimo incandescente, una saeta me golpeó con fuerza la frente y me hizo trastabillar con el impacto. Al principio no le di importancia, un golpe más entre muchos, un poco de sangre bañándome las cejas,

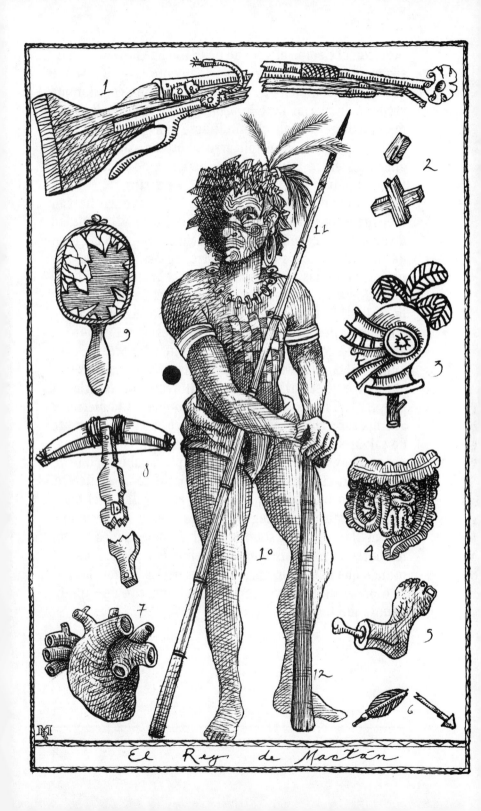

El Rey de Mactán

pero con el tiempo el veneno de la flecha empezó a surtir sus malévolos efectos, y paulatinamente la visión se me fue nublando mientras un escalofrío sobrecogedor me recorría el cuerpo. Pero lo peor no era eso: a medida que mis facultades iban debilitándose por mi herida, los nativos parecían multiplicarse y brotar como retoños guerreros entre la maleza, y la balanza de la batalla se fue inclinando fatalmente en contra nuestra.

Cuando era evidente que nuestras fuerzas habían menguado por la prolongación de la lucha y la nulidad de nuestros arcabuces y ballestas, Magallanes dio la orden de retirada. Muchos de los nuestros se desbandaron, despojándose de las pesadas armaduras y nadando de cualquier forma hacia los botes, mientras el capitán resistía la embestida de los nativos protegiendo la retaguardia. Mis movimientos eran ya muy torpes y mi visión se enturbiaba como si estuviese en el fondo del océano, pero aun así alcancé a ver que el capitán hundió una lanza en el vientre de sus atacantes, y que al tratar de zafarla un proyectil se le clavó en el brazo, otro más en la pierna, y al empezar a cojear más de lo que ya cojeaba, un enjambre de salvajes se le fue encima, lo derribaron como animal de presa, y en las arenas de esa playa aborrecible lo ensartaron con sus lanzas hasta dejarlo como alfiletero. Aunque yo luchaba por conservar la claridad y el equilibrio, mi mirada se apagaba por los efectos del veneno y por el llanto, y la estampa final de Magallanes en mi memoria fueron sus ojos que veían por última vez el mundo que había conquistado, y sus barbas remojadas por la espuma de la playa, con su bravo mentón de capitán apuntando hacia la muerte.

¿Cambiar el cuerpo del jefe de los enemigos por un puño de trapos de colores y bolitas que hacen ruido? No, no, no. Este cuerpo inerte vale más, mucho más. Vale más que las cabañas que quemaron los invasores en su insensato ataque. Vale más que sus barcos que estallan para meternos miedo. Vale más, aún, que las islas de Mactán y Zubu con todos sus frutos.

Que sepan todas las islas de mi alrededor lo que puede hacer Cilapulapu. Que vean como yo, al contrario de Humabon, el rey de Zubu, no inclino la cabeza ante los intrusos, y menos aún la inclino para recibir el agua bautismal de los dioses ajenos. Que vean como Cilapulapu se mantuvo erguido, no vio con temor las duras armas de los extraños, ni se amedrentó cuando le pidieron rendirse ante el rey de lejanas tierras. Que vean que Cilapulapu no le paga tributo a nadie, y que le entreguen en ofrenda los regalos que cobardemente destinaron a los guerreros de barba y corazón de fierro.

Antes Cilapulapu era considerado un jefe de menos rango, y las tribus de estos mares pensaban que era mayor la nobleza de Cilatón, de Cimaninga, de Aponoan, del cabizbajo Humabon y aun del rastrero Zula, quien corrió a complacer a los extraños para tratar de salvar sus huesos. Pero ahora la verdad recorre como la brisa las costas de todas las islas, porque los cientos de guerreros del rey de Zubu fueron testigos de la batalla encarnizada que libramos contra el enemigo, de la impotencia de sus armas de trueno, de la fibra de combate de los hombres de Mactán, de nuestra voluntad de sacrificio y de la jefatura inconmovible de Cilapulapu, quien prefirió desde el principio la muerte en lugar de la rendición de su isla. Cilapulapu, el rey desnudo de la pequeña isla de Mactán, dio muerte al jefe mayor de los invasores, a quien Humabon obedecía y adoraba como si fuera un dios.

Ahora los invasores ni siquiera dan la cara, y mandan al humillado rey de Zubu para que a través de sus enviados me pidan el cuerpo del capitán muerto en batalla. Su presencia me ofende, porque me ofrecen sus inútiles regalos a cambio de mi trofeo de guerra. Yo no quiero ninguna mercancía de los invasores. Tampoco quiero sus armas escandalosas, ni sus pesados escudos, que de nada les sirvieron a la hora de la batalla contra mis huestes. Vale más el corazón valiente de mis hombres, con sus lanzas de carrizo, que supieron defender lo nuestro antes que rendirse al enemigo. No les enviaré ni un dedo de su cadáver, y tampoco les entregaré los cuerpos de los siete barbados que murieron a su lado. Que sepan que no estoy interesado en sus porquerías.

Que sepan también que no estoy conforme. De ahora en adelante yo soy el que manda, y no quiero que los extranjeros sean huéspedes de mis islas. Si quiere sobrevivir en su calidad de cacique, el rey de Zubu tiene que pagar su humillación expulsando a los extraños, para después rendirme tributo de por vida. Lo mismo digo a los demás jefes. Y al malayo que llevan a bordo los invasores, que les sirvió para conversar con los nuestros con su lengua, le ofrezco un armisticio conveniente, quedándose con nosotros, los de su estirpe, pero combatiendo a los extraños de nuestro lado. Entre nosotros será un igual, y si decide seguir con los intrusos seguirá siendo un esclavo.

Cilapulapu es un rey feroz a la hora de la guerra, pero es también un jefe magnánimo después de la victoria. A las mujeres que compartieron su lecho con los extraños, por confusión o por deseo, les ofrezco pasar a formar parte del séquito de mis valientes guerreros, para que laven sus errores aprendiendo a defender lo nuestro. Y a todos los que combatieron hasta el final y dieron muerte a los intrusos, los invitaré a una cena triunfal, con música de tambores y timbales, con vino de palmeras y aroma de varias plantas, en donde el plato principal será la carne de nuestros enemigos, que pasará a formar parte de nuestra sangre con todos sus poderes, y que reposará para siempre en estas tierras, pasando por el fondo de nuestras vísceras. El rey Cilapulapu, nuevo monarca de todas las islas, se reservará el corazón del capitán como plato fuerte, y la bella Maqueana, futura reina de Mactán, lucirá un vistoso collar adornado con todas sus vértebras.

Capítulo IV

Por obra de esa flecha envenenada que me abrió la frente, me salvé de morir destazado entre los salvajes. El infortunado sábado de la batalla en la que Magallanes perdió la vida, pude conservar la coordinación de movimientos a pesar de la vista nublada, y así me recogieron en uno de los botes que se arrimó peligrosamente a los arrecifes. Dicen que mi estado era tan precario que no había parte de mi cuerpo que no temblase como pez fuera del agua.

En mi convalecencia, mientras tenía el rostro hinchado y la sangre se me agolpaba alrededor de los ojos, el rey de Zubu invitó a una cena de honor a la gente más destacada de la tripulación, diciendo que en esa ocasión entregaría un obsequio de piedras preciosas para el rey de España. Yo no fui por estar reposando en una lancha, pero desde ahí me percaté de lo sucedido.

Era ya entrada la noche, y la brisa llegó con un ruido difuso de lamentos y choque de metales. En ese momento Juan Caraballo arribó a las naves diciendo que abrigaba sospechas sobre la invitación al convite. Al poco tiempo, Juan Serrano -uno de los capitanes designados para sustituir a Magallanes- llegó sangrando a la playa, y a gritos nos dijo que nuestros aliados de Zubu, que habían recibido el agua bautismal como nosotros, prepararon una traición bien urdida para sacrificarnos de una vez por todas. La cena era en realidad una emboscada, y el rey Carlos Humabon se despojó del nombre de nuestro emperador al momento de declararnos la guerra. A mitad del festín los lanceros aparecieron para ensartar a todos los invitados, y la isla se empapó con la sangre de Duarte Barbosa, capitán heredero también del mando de Magallanes; del astrólogo Martín de Sevilla, cuyos presagios no alcanzaron a detallar su propia muerte; del escribano Sancho de Heredia, cuyos testimonios se perdieron con su agonía, y del capellán Pedro de Valderrama, que murió como mártir entre los infieles. En total murieron veinticinco de nuestros mejores hombres, mientras Enrique, el esclavo de Magallanes que nos servía de intérprete, salvó la vida y recuperó la libertad al conspirar con los nativos en nuestra contra. Muchos años después supe que Magallanes lo había liberado a través de su testamento en el momento de su muerte, y que le había reservado una renta de diez mil maravedíes para su sostén.

El último sacrificado fue el capitán Juan Serrano, quien imploraba que cambiásemos su vida por unas cuantas mercancías. Pero Caraballo, sabiéndose en el mando de la flota por la muerte de los capitanes, prefirió desplegar velas para hacernos al mar. Serrano era su compadre, y a mitad de su abandono maldijo con sus postreras fuerzas a Caraballo, pidiendo a Dios su condena eterna el Día del Juicio. Entre insultos y blasfemias abandonamos la isla que Magallanes había conquistado con tan sólo el poder de su palabra, y mientras se achicaba en el horizonte pudimos ver que los nativos derribaban la cruz clavada en la montaña en señal de victoria.

Navegando en plena huida, a dieciocho leguas de Zubu encontramos la pequeña isla de Bohol, en donde fondeamos para hacer un recuento de nuestras pérdidas. Además de la lamentable ausencia de Magallanes –que resultó ser un guía insustituible–, la tripulación se había reducido notablemente entre calamidades y deserciones, y de los doscientos treinta y siete hombres que nos embarcamos en Sevilla sólo quedábamos poco más de cien. En esas condiciones, la flota de tres navíos resultaba demasiada carga para tan poca gente, y por eso resolvimos abandonar a la nave Concepción, que nos lastraba el paso con todo y su fortaleza. Sin ceremonia alguna, y después de despojarla del avituallamiento que nos fuese de utilidad, le prendimos fuego como si fuésemos corsarios de mala muerte, y nuestros corazones se achicaron al ver sus velámenes ardiendo entre las llamas, antes de que su agonía se apagase en el oleaje.

La expedición se redujo a tan sólo dos navíos, y con ellos –el Trinidad y el Victoria–, reiniciamos el camino hacia las Molucas. En el trayecto, empezamos a deambular por un archipiélago de islotes intrincados, como si fuese un continente fragmentado, y en una de las islas, llamada Butuán, tuve otra experiencia que estuvo a punto de arrebatarme la vida.

Los nativos de Butuán iban desnudos como casi todos los que habíamos hallado en nuestro periplo, pero resultaron mucho más cordiales al salir a nuestro encuentro. Como después de tantas desgracias en el viaje ya eran pocos los que querían adentrarse en las islas con los nativos, yo fui solo a saludar al rey, quien rasgó uno de sus brazos con un pedernal y se untó sangre en el pecho en señal de amistad. Versado en estas ceremonias, hice lo mismo, y ese desplante provocó tal regocijo entre la comitiva del rey, que todos empezaron a cantar. Después me llevaron en canoa remontando un río, y los pescadores de la ribera nos ofrecían panes y peces celebrando nuestro paso. Así llegamos hasta la aldea donde habitaba el rey, y donde los nativos nos tenían preparada una cena entre antorchas de palmera.

Antes de sentarnos a la mesa, dos de los pajes desnudos del rey me guiaron por los alrededores de la aldea, hablándome a señas e indicándome los nombres de los pájaros y el ruido de los insectos. Al llegar a una de las chozas del poblado, me indicaron que podía pasar a visitar a sus moradores, y cuando me asomé entre las paredes de carrizo vi que en el interior había arroz cociéndose en los rincones; que las paredes estaban adornadas simétricamente con vasos de porcelana; que había timbales y carrizos musicales colgando del techo, y que en el centro del recinto estaba el espectáculo más deslumbrante que pude ver en estas tierras: una mujer morena, con perfil de escultura griega y cabello hasta la cintura, tejía minuciosamente esteras de palma para una cama. Juro sin temor a cometer pecado que es el rostro más hermoso y la piel más delicada que jamás he visto en mi larga existencia, y que junto a ella palidecen las mejores doncellas de Florencia, de Roma y de Nápoles.

Al advertir mi presencia, con una inocencia de cachorro, me devolvió la sonrisa. Yo pensé en las advertencias de Magallanes a los marineros que sembraban las islas visitadas con sus tropelías, y de inmediato desvié la mirada hacia mis acompañantes, que me esperaban a unos pasos de distancia. Caminé hacia ellos, pero el recuerdo de esa mujer perturbadora me cincelaba la frente.

Horas después, ya en la cena, el rey actuaba como un anfitrión pródigo en atenciones, rodeado también de bellas mujeres –aunque jamás tan hermosas como aquélla–, y tocando timbales a destiempo para indicar el ritmo del vino. Al principio comimos panes de arroz, pero era indudable que el propósito de la cena descansaba más en la bebida que en la comida. El rey ordenaba que nos sirvieran vino cada vez que hacía sonar los timbales, y me obligaba a beber hasta el fondo del guaje como muestra de amistad y regocijo. Así, la noche se fue consumiendo entre las carcajadas reales de mi bullicioso anfitrión, y a medida que bebíamos esa sangre ardiente de las palmeras nos arrullábamos con las percusiones y nos deslizábamos hacia las profundidades del sueño. Lentamente, empecé a sentir el peso del cansancio acumulado sobre mis párpados, y una vez que el rey terminó su jolgorio privado y clavó la frente para dormir el sueño reposado de su vino, uno de los nativos de la incipiente corte me condujo hasta la choza que me asignaron como albergue aquella noche.

Cuando las únicas luces que quedaron sobre la isla fueron los resplandores de las luciérnagas, y mientras la tribu entera parecía roncar al unísono con la satisfacción de tener entre ellos a tan distinguido huésped, el recuerdo de aquella mujer soberbia me robó sin piedad el merecido sueño. Con los ojos abiertos clavados en la noche que se asomaba entre los carrizos de la cabaña, de alguna misteriosa forma, yo sabía lo que se avecinaba. Entonces me di tiempo suficiente como para recuperar la coordinación de mi cuerpo, estiré mis músculos como felino, y rodando con gran flexibilidad salí a la intemperie.

Caminando con el cuerpo encorvado, para evitar que mi silueta se dibujara entre la noche, llegué hasta la cabaña de la mujer que me despojaba de mi sosiego. Penetré entre los carrizos y vi que su cuerpo descansaba con ondulaciones de montaña, mientras su respiración le agigantaba el pecho con suspiros prolongados, y la dejaba por momentos en una quietud que me resultaba inalcanzable. Estaba vuelta de espaldas, y yo la quería para siempre así, como un manjar maduro de estas tierras, como un ocaso que no cesa, como el hallazgo más hermoso y codiciado de nuestra travesía. En ese instante Magallanes, el rey de España, las islas Molucas y todos los sinsabores del viaje desaparecieron de mi memoria. Pensé en Francisco Serrano, el amigo de mi capitán, el soldado astuto que cambió las glorias de la conquista de Malaca por la dicha de quedarse para siempre en estas islas del paraíso. "Cuanta razón tenías, capitán Serrano" –pensé para mis adentros–, y en ese momento me percaté de que la joven morena me veía, sí, había despertado sin hacer ningún ruido, mantenía su respiración acompasada pero tenía sus ojos enormemente abiertos, y con ellos me preguntaba cosas mediante el lenguaje más directo y brutal del universo. Entonces Francescantonio Pigaffeta quedó mudo pero con un temblor corporal irrefrenable, repasó todas las frutas que le habían fascinado durante su efímera existencia y no encontró nada igual sobre la tierra, y antes de naufragar en el oleaje más dulce de los mares descubiertos, bendijo el día que salió de su escritorio de Vicenza para buscar entre tinieblas aquello que esos ojos inmensamente abiertos le descubrieron con la fuerza y el resplandor de un relámpago.

Al día siguiente Pigaffeta se deslizó del lecho y huyó de la choza como si fuera un malhechor, se fingió perdido entre el follaje húmedo de la madrugada, y regresó a la aldea con aires de incógnito.

Como la fiesta del rey había desvelado a todos los súbditos, los aldeanos tardaron un buen tiempo en despertar. O bien, las normas de convivencia entre los nativos eran tan rígidas, que nadie podía ingresar al día antes de que el rey abriese los ojos. Su majestad desnuda despertó de muy buen humor, buscándome siempre para llenarme de atenciones, y apenas me fue a saludar a la cabaña en la que supuestamente había pasado yo la noche, me indicó que lo acompañara hasta un lugar preciso. Era, justamente, la cabaña en la que yo había pasado la noche.

En el camino, el séquito del rey me señalaba, entre gestos y caravanas, que acudíamos a conocer a una persona de importancia suprema. Para mí la tenía de sobra, desde luego, pero jamás imaginé que aquella mujer de mi desvelo nos fuese a esperar con esa altivez señorial, vestida de túnica blanca, a la entrada de su morada. Por las reverencias que recibía, y por el arrogante placer con el que el rey me la presentó, supe que era la reina. Y en verdad lo era, porque en ningún momento se turbó en mi presencia, y porque su trato hacia mí fue el de la calidez superficial y distante de dos desconocidos. Esa indiferencia me partió el orgullo y la memoria de una felicidad sin concesiones, pero seguramente me salvó la vida. Al volver a la nave, después de dos días y una noche que me parecieron apenas un respiro del viaje, informé al nuevo capitán sobre los hallazgos de la isla, restándole importancia a lo visto y callando lo experimentado. Una tribu de hombres desnudos, un puñado de cabañas de carrizo –como en todas las islas visitadas–, una cena de pan de arroz mojado con vino de palmera. En mis textos posteriores sobre el viaje también he señalado que había pequeños pedazos de oro que colgaban entre los nativos de la isla. Hago además sin pudor alguno una breve referencia al rey y a la reina, pero jamás menciono que en Butuán, a los ocho grados aproximados de latitud Norte y ciento sesenta y siete grados de longitud, pasé la noche más dichosa de mi vida entre los brazos de una nobleza salvaje.

Ante mi escueto informe, el capitán Caraballo ordenó hacernos a la vela, y durante varios días anduvimos navegando hacia el Suroeste, en un mar salpicado de islotes caprichosos. Entre las islas de Cagayán y Paloán conocimos nuevamente el hambre y la penuria, y en Panilongo vimos por primera vez hombres negros como los etíopes. Sin embargo, la mayor sorpresa nos la tenía reservada una isla enorme llamada Borneo, cuyas costas son tan extensas, que una embarcación tardaría tres meses en circundarlas navegando con corrientes favorables.

Explorando las costas de Borneo, súbitamente apareció a nuestro alrededor un racimo de juncos, esas embarcaciones propias de las Indias, que avanzan a muy buen paso gracias a sus mástiles de cañas y sus velas de corteza de árbol. Iban escoltando a tres piraguas largas, que partían las olas con sus proas doradas –acabadas en mascarones de serpientes–; navegaban con sus pabellones azules y blancos desplegados y sus penachos de plumas de pavo real, y cargaban en su interior una banda de músicos muy animados, que nos dio una sonora bienvenida con un barullo de trompetas y cornamusas, atabales y tambores. Era la comitiva del rey de Borneo, un dignatario moro que reinaba en todos los contornos de su gigantesca isla con un lujo desbordante.

En una de las piraguas venía un hombre ya viejo, que se decía el secretario del rey, y que subió al Trinidad a darle gentilmente sus cumplidos al capitán Caraballo, como si fuese un conocido de toda la vida. Dándose prisa, ordenó a sus subalternos la entrega de nuestros regalos, que consistían en una buena dotación de platos de arroz, una decena de huevos de tortuga, varias raciones de miel, dos cabras de regular tamaño, tres jarras de vino de arroz, dos jaulas llenas de gallinas y un puñado de flores de azahar y de jazmín. Nosotros correspondimos enviando al rey una túnica de terciopelo verde, cinco brazas de paños rojos, una taza de vidrio dorado y tres cuadernos de papel. Todo esto les pareció motivo de gran festejo, y antes de caer la noche los enviados pidieron permiso para retirarse y volvieron a la isla en silencio, como si la música de sus numerosos instrumentos fuese un acompañamiento propicio únicamente para el pleno día.

A la mañana siguiente, poco después del alba, nos percatamos de que el rey vio con agrado nuestros presentes, porque de inmediato nos envió nuevas piraguas para llevarnos a la isla y conducirnos hasta su ilustre presencia. Y yo, que no quería perderme la ocasión de explorar todo lo que me ofreciesen estas tierras, fui el primero en apuntarme como parte de la avanzada. En total íbamos siete, incluyendo al capitán de la Victoria Gonzalo Gómez de Espinosa, quien había afilado su gusto por la aventura terrestre después de ser ascendido en la escala de la jerarquía del mar.

A medida que nos acercábamos a la costa, empezamos a divisar los perfiles de una aldea mucho mayor que todas las encontradas en nuestro trayecto, pero al desembarcar nos dimos cuenta de que ya no estábamos ante las chozas rudimentarias de los nativos: frente a nosotros se levantaba una ciudad auténtica, una metrópoli que no habíamos visto desde que salimos de Sevilla, una urbe que me remitía a los tiempos de las ciudadelas fantásticas. Es un puerto donde atracan juncos y canoas, pero que consta de un conglomerado de casas empotradas sobre gruesas vigas, que albergan a más de veinticinco mil hogares. En una colina, junto a un acantilado, se encuentra el palacio real, donde el rajá de Borneo duerme sus sueños de odaliscas protegido por una muralla gruesa con almenas orientales, y custodiado por más de sesenta bombardas tan mortíferas como las nuestras.

Deslumbrado por la ciudad, no me percaté de la naturaleza de nuestro próximo sistema de transporte. Y sin embargo ahí estaba, con sus volúmenes de montaña y su parsimonia característica, esperando a los pasajeros para conducirlos montaña arriba con su caminar lento y sus pasos de gigante. Era un elefante, una de esas bestias que yo sólo conocía en las conversaciones de remotas tierras, y que ahora se me presentaba queriendo intimar conmigo a través de su enorme trompa. Yo me quedé petrificado al medirme junto a sus dimensiones de coloso, y mi corazón se estremeció cuando el animal me puso la trompa sobre el brazo y trató de aspirar con su aliento huracanado el escaso vello de mi piel curtida. Pero después le tomé cariño, me gustó la superficie curva de su arrugado lomo, y montado en sus alturas, junto con otros tres marineros, me sentía un jinete de leyenda entrando victorioso en una ciudad tomada.

La ciudad se vistió de gala para recibirnos. Sus calles estaban custodiadas por más de dos mil hombres armados con arcos, flechas, cerbatanas, lanzas, mazas,

EN LA ISLA DE BORNEO

alfanjes tan largos como nuestras espadas y escudos formados con carapachos de tortugas, y al momento de nuestro paso presentaban sus armas como en un saludo militar. Así recorrimos varias calles empedradas, pasamos frente a un mercado donde había un intenso tráfico de canela, jengibre y otras especias, y desde las ventanas de algunas casas los habitantes golpeaban objetos con colmillos de jabalí para celebrar nuestro arribo, y las mujeres nos rociaban con jazmines y flores aromáticas.

Sin perder el paso, nuestros potentes elefantes iniciaron el ascenso por la colina hacia el palacio real, y la súbita inclinación de nuestros transportes derribó en un bamboleo al capitán del Victoria. Gonzalo Gómez de Espinosa, hábil domador de tormentas y burlador de escollos, no pudo con el movimiento resbaloso de nuestros amigos paquidermos, y por irse de bruces tuvo que presentarse ante el rey con la frente sangrante.

El palacio del rey es una arquitectura de fábula. Tiene escalinatas más blancas que las que ofrecen los palacios de Venecia, y después de pasar por un estanque custodiado por cocodrilos se llega hasta el pórtico de un gran salón, donde el rey organiza sus fiestas y recibe a sus invitados. En su interior, un impresionante número de cortesanos aguardaba nuestra llegada, y lo primero que noté es que los muros están recubiertos con paños de seda. Junto al gran salón hay una sala más pequeña, donde más de doscientos hombres de la guardia real protegen a su monarca con puñales curvos y desenvainados, a la usanza sarracena. Al fondo de la sala, detrás de unas cortinas de brocado, estaba el rajá Siripada, dueño y señor de la isla. Junto a él, caciques de la talla de Humabon o el nefasto Cilapulapu parecían insectos sin importancia.

El rey era muy obeso, tenía un séquito de muchas mujeres a su servicio –el cual se formaba reclutando a las hijas de las personas más importantes de Borneo–, y nadie le podía hablar directamente. Yo pensé que, si Magallanes estuviese entre nosotros, probablemente le pediríamos su vasallaje al emperador de España. Pero este no era el caso. Nosotros éramos apenas siete marineros mal alimentados, y Gonzalo Gómez de Espinosa –al frente de nuestra comitiva–, sangraba aún por su inexperiencia para montar elefantes. En esas condiciones, lo único que nos quedaba era la observación estricta de las reglas del protocolo. Tal y como nos lo indicaron, hicimos tres reverencias al rey, elevando ambas manos por encima de nuestras cabezas y levantando alternativamente los pies. Para poder hablar con él, tuvimos que dirigirnos al cortesano más próximo, que a su vez le comunicó nuestras palabras a un cortesano de mayor rango, el cual se comunicó con el hermano del rey, quien a su vez puso nuestro mensaje en el oído del secretario real. Este último, finalmente, le comunicó a Siripada nuestro mensaje, a través de una cerbatana muy larga que atravesaba el muro de una pequeña sala, y mediante la cual el rey escuchaba los murmullos exteriores del mundo.

Mediante ese complicado sistema de comunicación, le dijimos al rey que veníamos a nombre del emperador de España, el cual quería convertirse en su amigo. ¡Qué lejos estábamos de la actitud soberbia del conquistador, que habla primero con sus bombardas y después pide el sometimiento absoluto del territorio hallado a todos sus designios!

Mientras el rey hacía muestras de aprobación a medida que le entregaban nuestros regalos, yo me distraía en admirar el lujo de los cortesanos. Todos ellos cubrían su sexualidad con paños de oro, estaban armados con puñales de mangos formados con piedras preciosas, y llevaban más sortijas entre los dedos que los dignatarios de la iglesia en Roma. Las mujeres que pululaban detrás del rey moro eran hembras de buena estirpe, se movían con ademanes cadenciosos, pero Siripada parecía fastidiarse cada vez que alguna se le acercaba para poner en práctica sus dotes de la más refinada seducción. La atmósfera del palacio era fascinante, imponía un respeto mayor por sus dimensiones y sus costumbres pero, para mi desgracia, fue un espectáculo de duración muy corta. Súbitamente, Siripada se aburrió de nuestra presencia, y como mago del lejano oriente desapareció tras las cortinas de brocado. Gentilmente, fuimos invitados a abandonar el recinto, y montados en aquellas gigantescas monturas reales nos despedimos del palacio y nos dirigimos a la casa del gobernador para dormir como dignatarios.

La cena que aquella noche nos brindaron fue, sin duda, la más ostentosa de la travesía. Comimos recostados en colchones de seda rellenos de algodón, entre sábanas de tela de Cambaya, y la variedad de platillos parecía traída de todos los rincones del mundo. Había cucharas de oro y vasijas de porcelana, y el vino de arroz animó una charla que se prolongó durante varias horas. Como siempre, y sobre todo después de que el escribano de la Trinidad resolvió quedarse entre los moros, el hombre más curioso de la tripulación era yo. Nuestros anfitriones parecían muy dispuestos para la plática, y con señas y representaciones fueron respondiendo a mis preguntas. Para empezar, me dijeron que el mayor tesoro que conservaba Siripada eran dos perlas gigantescas, del tamaño de los huevos de gallina, que las había arrebatado al rey de la isla de Zoló mediante la convincente presión de las armas. De paso, además, se quedó con su hija, a quien convirtió en su esposa. Después de ese lance, Siripada se ganó el respeto de todos los islotes adyacentes. El rey de Borneo, visto por sus súbditos, es casi una deidad a quien le resultan indignas las palabras de los hombres, y quien ha impuesto en sus dominios el más estricto seguimiento al Islam.

Siendo devotos de las leyes de Mahoma, los habitantes de Borneo no comen carne de cerdo, se limpian el ano con la mano izquierda y comen con la derecha –cosa que les resulta muy práctica–, y orinan como las mujeres: no de pie, sino en cuclillas. Todos han sido circuncidados, al igual que los judíos. No matan cabras ni gallinas sin pedir permiso antes al Sol, y no comen ningún animal que no hayan matado ellos mismos. Al día siguiente, después de reposar como rajáes la abundancia de la cena, nos dirigimos a las naves, y una señal de alerta nos hizo recordar nuestros infaustos días en la isla de Zubu. Como los barcos necesitaban brea para el calafate, mandamos a cinco de los nuestros a conseguirla en el puerto, y después de tres días de espera sospechamos una traición. Por mera coincidencia, el día de nuestros malos augurios vimos que más de cien piraguas se aproximaban a nuestras naves, y que tres grandes juncos parecían capitanear a la flota. Nuestra alarma fue tal que nos hicimos de inmediato a la vela, debiendo abandonar un ancla en nuestras maniobras. No obstante, por algo nuestras naves eran superiores a sus embarcaciones –sobre todo en artefactos para la guerra–, y con esa confianza atacamos con fuego de bombardas a los juncos, que de inmediato se rindieron sin presentar resistencia. En uno de ellos iba el hijo del rey de Luzón –una isla de buen tamaño–, a quien hicimos prisionero con el propósito de tener un rehén capaz de ser canjeado para salvar el pellejo.

Sin embargo, como fuimos posteriormente informados, el valioso prisionero sobornó al capitán Caraballo con una buena provisión de lingotes de oro a cambio de su libertad, y nuestro nuevo jefe tuvo a bien quedarse con tres de las mujeres musulmanas apresadas al tomar los juncos, para experimentar en carne propia la provechosa vida de un sultán.

A partir de ese momento, el carácter de nuestro viaje tuvo un giro imprevisto: de conquistadores de las especias de Oriente, dignos enviados por el emperador de España para extender sus dominios, nos convertimos en viles corsarios. Tal vez el último acto de gallardía que tuvimos antes de dedicarnos al pillaje fue la destitución de Juan Caraballo como capitán general de la flota, porque su actitud ambiciosa y atropellada distaba mucho de tener la honra necesaria para dirigir nuestra empresa. Sin embargo, después de nombrar a Gonzalo Gómez de Espinosa en su lugar, y habiendo designado a Juan Sebastián Elcano como capitán del Victoria, lo que hicimos fue justamente seguir el rapaz ejemplo puesto por Caraballo. Como el propósito central de este manuscrito es el de decir la verdad sin ningún tipo de maquillajes, no debo permitirme la más mínima tergiversación de los hechos, el menor pudor sobre nuestro proceder, el asomo de una posible justificación de nuestras tropelías. Lo único que puedo decir en mi defensa y en la de mis compañeros es que en el mar el alma sufre muchas metamorfosis. El vaivén de las olas, después de varios días de marinería, es como un agitador del espíritu humano, y cualquier pretexto se convierte en un polvorín que estalla para sacar a flote lo mejor y lo peor de todos nosotros.

Al abandonar la inmensa isla de Borneo, parecía que nuestro derrotero ya no eran las Molucas, sino cualquier botín de presa. Puestos al saqueo, no hubo en aquellos mares junco o piragua que no acosáramos como bucaneros, animales que quedasen vivos a nuestro paso, o mujeres que no huyesen de nuestra presencia. En Bibalón nos apoderamos de varias piraguas cargadas de cocos; en Cimbombón nos dedicamos a cazar jabalíes y tortugas gigantes con el mismo regocijo con el que los primitivos mataban a sus presas; cerca de dicha isla, al hacernos al mar secuestramos al gobernador de Paloán –que navegaba alegremente en reconocimiento de sus dominios–, y pedimos cuatrocientas medidas de arroz, veinte cabras y ciento cincuenta gallinas por su rescate; en Mindanao nos lanzamos en artero abordaje a una canoa de nobles de la isla, y yo mismo enterré con fiereza mi puñal en el costado de uno que opuso resistencia. Heme ahí, con la daga entre las mandíbulas y presto para el ataque, tan lejano del gentilhombre vicentino que fui, y tan próximo de los piratas aborrecidos por todos.

En ese itinerario sangriento, navegando entre tantos islotes que parecían formar una gran avenida en el mar, capturamos en la isla de Sarangani a dos nativos que decían saber de memoria la ruta hacia las Molucas, y gracias a sus indicaciones fuimos saliendo de aquel archipiélago convertido en laberinto. En octubre el cielo nos envió una borrasca que por fortuna nos tomó alejados de los arrecifes que abundan en esos mares, y mientras arriábamos los velámenes muchos de los que estábamos en el castillo de proa volvimos a rezar para que el mar calmase su furia. Entonces vimos, claramente, que tres santos bajaron del cielo abriéndose paso entre la tormenta, hasta posarse en la punta de nuestros mástiles para protegernos de la marejada. San Telmo se posó en el mástil mayor, san Nicolás en el mesana y santa Clara en el trinquete, y con las luces que salían de sus túnicas disiparon la oscuridad durante horas.

Después comprobé que ese milagro sólo lo vimos unos cuantos, porque la mayoría de la tripulación estaba atareada desatando las amarras de los cabilleros y fijando las botavaras; pero no me cabe duda de que aquella aparición fue el signo esperado por todos para llegar finalmente a nuestro destino y para calmar, también, la tormenta interna de nuestras pasiones. Cuando el mar se tranquilizó muchos de nuestros cautivos aprovecharon la ocasión para saltar por la borda rumbo a la isla más cercana, pero uno de los que se quedó a bordo nos guió por un intrincado ramillete de islotes hasta reconocer los perfiles de Tidore, que se levantaba del mar como un bizcocho enorme, y cuya bahía se abría como la puerta de nuestro final destino. Tidore era una de las Molucas, la segunda más grande después de Ternate, y el día que la divisamos fue el bienaventurado 7 de noviembre de 1521.

Hacía veintisiete meses menos dos días que estábamos en su búsqueda, habíamos perdido al capitán y a tres de nuestros navíos en el trayecto pero, a pesar del martilleo incesante de nuestros desastres, habíamos llegado. No hubo escollo alguno que nos llevase al fracaso de nuestra misión. A casi treinta años de distancia de aquel 1492, nosotros cumplíamos el sueño de Colón de llegar al Oriente navegando rumbo al Occidente. Dando gracias a Dios, disparamos toda la artillería.

Una vez más, como si en ese viaje se expresara un resumen de la variada gama de experiencias que es la vida, comprobé que la sensación del triunfo es capaz de transformar el alma de los hombres, como si se tratase de otra forma de bautismo. Desde que pisamos las Molucas, nuestra sed de violencia corsaria desapareció por completo. En mucho ayudó a ello la actitud del rey de Tidore, quien nos dio una bienvenida más que cordial, y quien de entrada nos dio lecciones de astrología. Dijo con su seguridad de abuelo que a nosotros ya nos conocía en sueños, y que escrutando las manchas de la luna había visto que nuestro arribo estaba próximo. Yo ignoraba por completo que en el rostro de la luna se reflejasen las travesías de los navegantes, pero el rey hablaba con una convicción total en sus indagaciones, y sus palabras estaban impregnadas de un conocimiento que parecía ancestral.

El rey era moro, se llamaba Almanzor –que era el apócope de Sultán Manzor–, y su altivez provenía de su sabiduría en las cuestiones de los astros. Usaba una fina camisa con mangas bordadas de oro, un velo de seda que le cubría la cabeza, y sobre el velo una guirnalda de flores. Como ignoraba el hecho de que los moros fueron enemigos de los reyes de España, su primer desplante fue el de aceptar el vasallaje al Emperador Carlos, diciéndonos que podíamos considerar a su isla como propia, que nos ayudaría en todos nuestros requerimientos comerciales y que, como muestra de fraternidad a España, estaba dispuesto a cambiar el nombre de su isla -Tidore- por el de Castilla. Ante esa demostración de buena voluntad, nosotros respondimos con una cascada de regalos, pero Almanzor la detuvo con un ademán. Nos dijo que, como no tenía nada que regalar digno del rey de España, no podía seguir aceptando el caudal de presentes. Después afirmó que ofrecía su propia persona en obsequio, y nos pidió el estandarte real. Entonces proclamó a los vientos que tanto él como sus doscientas mujeres y sus veintiocho hijos pasaban a formar parte de la hacienda de España, y que la isla de Tidore era nuestra propia casa. Nosotros caímos postrados ante esa efusión de hospitalidad, pero, a pesar de nuestras repetidas caravanas, Almanzor jamás inclinó la cabeza.

Luego pensé que la actitud del rey era una amalgama de orgullo con sumisión. O bien, que la guerra y la rivalidad eran asuntos que no le interesaban en lo absoluto, y que por eso tenía una disposición de abierta cordialidad hacia los extraños. Con esa mística, Almanzor nos llevó al encuentro de lo que constituía el motivo esencial de nuestro viaje: las especias. Con su guía y sus indicaciones conocimos por fin el árbol del clavo, que crece en las montañas de la isla, que se abona con la niebla y cuyos frutos nacen en racimos de la punta de las ramas; la raíz del jengibre, que es el sostén de un arbusto de regular tamaño; el árbol de la nuez moscada, cuyo fruto se parece al membrillo pero con cortezas leñosas; y el árbol de la canela -que ya conocía desde Borneo-, cuyo nombre original significa madera dulce, y cuya esbeltez lo asemeja a los dedos de las mujeres de Oriente.

Siendo protegidos de las más altas autoridades de las islas, nuestro comercio fue más que favorable. En las Molucas la medida de las cosas se llama *bahar,* que equivale a cuatro quintales y seis libras de las nuestras. Así, por diez brazas de paño rojo de buena calidad nos daban un *bahar* de clavos, y la misma provisión nos suministraban por ciento cincuenta cuchillos, por cincuenta pares de tijeras o por cuarenta gorros; pero el mejor intercambio que hicimos fue un comercio privado y clandestino, en el que un grupo de mujeres nos canjearon unos cuantos paños de la buena calidad por uno de los momentos más dichosos y exuberantes de nuestro viaje. Esa experiencia fue una mañana muy temprano, cuando el alba empezaba a clarear en el follaje y los nativos nos rodeaban, como siempre, para escudriñarnos con su curiosidad infantil. A señas, como era ya nuestra costumbre, empezamos a platicar con un grupo de jovencitas. Una de ellas -la que mostraba mayor iniciativa- me jaló la ropa para que me incorporase del aposento en el que descansaba, y de la mano me llevó entre el espesor de la selva hasta las escarpaduras del monte. Conmigo iban también dos marineros de Huelva y Roldán de Argote, el lombardero, conducidos por un puñado de mujeres que reían y cuchicheaban a nuestras costillas. Al poco tiempo de camino, llegamos a un paraje sumamente extraño: era un pequeño pozo con agua, comunicado con otros pozos a su alrededor, que despedían un vapor espectral, como si el agua hirviese.

Lentamente, como si cada movimiento fuese dictado por un ritual pagano, las mujeres nos fueron despojando de nuestras vestimentas, invitándonos a sumergirnos en aquellas aguas vaporosas. Yo hundí mi pantorrilla y la retiré de inmediato, porque jamás había sentido un calor tan lacerante. Uno de los marineros se asustó con la atmósfera de aquel sitio, y sugirió que se trataba de uno de los poros de un volcán a punto de lanzar sus primeras fumarolas. Yo mismo pensé en los humos del infierno, y en la posibilidad de que al sucumbir a tal tentación el pozo abriera sus fauces y nos precipitásemos en una larga caída hacia las llamas eternas.

Pero las mujeres se encargaron de disipar nuestros temores. Siguiendo una especie de ceremonial se fueron hundiendo con gran parsimonia entre las aguas, y el propio calor del pozo se fue encargando se poner a flotar sus escasas prendas. Entonces sus cuerpos sufrieron una cabal metamorfosis, salieron del capullo para abrir sus pétalos en el estanque, y sus brazos parecían ramas del árbol de canela agitando las aguas.

Contagiados de aquella serenidad, y tolerando el calor del pozo convertido en olla, nos fuimos sumergiendo en esas aguas, y a medida que nuestros cuerpos se calentaban con esos vapores de la tierra nuestra confianza crecía y nuestras almas entraban en consonancia con el aliento del mundo.

Aquello era ciertamente el Paraíso, como lo confirmó la presencia de aquellas aves cuyas extrañas características conocimos por medio de nuestras espléndidas anfitrionas. Se les llama Manucodiatas, que significa Ave de Dios. Nosotros las bautizamos como Aves del Paraíso. Son pájaros pequeños, del tamaño de un tordo, con plumas de diferentes colores –esponjadas como penachos–, en lugar de alas. Se encuentran volando sin cesar, a diferentes alturas, y nadie las ha visto posarse en ramaje alguno, ni anidar entre los árboles, ni suspender su vuelo para comer. Los nativos aseguran que vienen del Paraíso Terrenal, y que son las almas de los muertos que, antes de emigrar definitivamente al cielo, vuelan sin descanso, reconociendo por vez postrera las dimensiones del mundo. Yo soy un escéptico de todo aquello que no está escrito en la Biblia, pero en esa ocasión tuve un presentimiento inobjetable: uno de esos pájaros empezó a volar en círculos a mi alrededor, y cuando una de las mujeres lo llamó para que se posara sobre su dedo, el pájaro descendió planeando entre los vapores del estanque, y bajó con sus plumas altivas hasta posarse en mi antebrazo como un pequeño halcón. Yo permanecí inmóvil, casi sin respirar, porque me habían dicho que ese tipo de pájaros mueren al momento de descansar en tierra. Sin embargo, el ave no moría. Movía su cabecilla como reconociendo el entorno, hasta que se percató de mi enorme cabeza. De inmediato me clavó una mirada resuelta, sin parpadear durante un buen tiempo, como entregándome un mensaje envuelto en la firmeza de su pupila. Entonces vi con la claridad de un rayo al capitán Magallanes, que me escrutaba con sus ojos nocturnos desde el fondo del ave, me delegaba el mando espiritual de su empresa, y me ordenaba con su autoridad inflexible que tuviera la fuerza y el arrojo suficiente para culminar su sueño.

Yo me quedé impactado por esa revelación fulminante, y en ese instante el ave aprovechó para levantar el vuelo y desaparecer entre los vapores del estanque. Como Magallanes, tampoco volteó la cabeza para despedirse.

De que venían, yo ya lo sabía. Eso sucede a veces, y los espíritus de la selva se aprestan para el aviso. Después de varias lunas de espera, y cuando la luna llena coincide con la mordedura de una serpiente, es que ya vienen. Ya habían venido antes, ya eran caras conocidas. Habían llegado después de la guerra, como es su costumbre, y algunos de ellos se habían quedado en estas islas, por ser de su conveniencia. Uno estuvo viviendo con el rey Corala en Ternate, y desde ahí enseñó sus conocimientos guerreros a cambio de una mujer y una choza. Otros buscaron alojamiento con el rey Luzuf de Gilolo, pero sus jefes los atraparon en el intento. Los demás –los conozco muy bien–, lo que quieren es el comercio del clavo, la nuez moscada y el jengibre. Llenan sus embarcaciones con sacos de especias, y con eso basta para tenerlos contentos. Cosa muy extraña, por cierto, es que no les interesan las verdaderas riquezas, como la leche de las cabras, las plumas y la voz del papagayo, los frutos del higo y la palmera, la dulce miel de las abejas.

Los que vienen son enviados de la Luna, conocen el universo entero, pero sus ambiciones son muy estrechas. Viven preparándose para la guerra, y siguen costumbres que no les dejan disfrutar de los placeres de la tierra. No les gusta, por ejemplo, caminar desnudos. Sus hábitos les dictan el andar envueltos en trapos y armaduras cuando el Sol calienta más, y no son capaces de despojarse de sus vestimentas ni siquiera en sueños. Sus cuerpos los conocen en la soledad, y jamás los exhiben al mundo.

Seguramente eso se debe a la falta de mujeres en su tribu. Dicen que provienen de tierras en las que también las mujeres abundan, pero por celos no las muestran a los extraños. Dicen también que en sus tierras se acostumbra tener solamente una mujer, y se asombran de que aquí tenemos cientos de mujeres y sirvientas, y un número mayor de hijos. No cabe en su entendimiento que alguien pueda tener seiscientos hijos.

Los que saben de los hombres que vienen del mar dicen que la falta de mujer o el aburrimiento de pasar lunas enteras con una sola es lo que los vuelve feroces y ambiciosos, y que por eso piensan solamente en las guerras y la conquista. Eso es posible, pero yo he descubierto que también la alimentación que llevan contradice los mandatos de Alá, y que sus bocados les deben retorcer los vientres en lugar de darles fuerzas para seguir viviendo. Estos hombres comen cerdo, que es el más repugnante de los animales. La carne del cerdo y la de rata no deben de comerse por ningún motivo. Parece ser que durante el viaje por el mar los desdichados comieron ratas por obligación, pero que el cerdo lo devoran con gusto. Sus barcos son pocilgas con una pestilencia atroz, porque los cargan con carne de cerdo salada. Por eso en el intercambio de regalos, cuando salieron a regalar gorros y cascabeles –como los hombres que habían llegado previamente–, yo preferí rechazar sus obsequios por el temor de que nos dieran carne de cerdo. Dije que no aceptaba más regalos por ser indigno de tanto presente.

Alá ordena la piedad hacia nuestros semejantes, sobre todo a los que se encuentran en estado de desgracia. Y como la Luna me anticipó la llegada de los hombres de casco y barba, mi deber es recibirlos cordialmente. Por eso no hago mención de sus defectos, ni los invito a despojarse de sus pesados atuendos, ni dejo ver que sus alimentos me producen asco. Con mucha prudencia, los encamino a que disfruten de la belleza natural de las mujeres, y pongo a su disposición todos los frutos del clavo y el jengibre que quieran llevarse. En el comercio acepto los gorros y los cuchillos que nos dan a cambio, aunque siempre con el temor de que nos paguen con carne de puerco. Si eso sucede, que Alá me perdone, pero jamás, ni siquiera por cortesía hacia nuestros huéspedes, me rebajaré a comer esa porquería.

CAPÍTULO V

El 18 de diciembre de
1521, con todos los preparativos a bordo y con la presencia
de los reyes de tres islas que nos acompañarían hasta la
isla de Mare para surtirnos de madera, las naves desple-
garon las velas para poner proa de regreso a España. La
tripulación de europeos se había reducido a un centenar
de almas –menos de la mitad de los que salimos de
Sanlúcar de Barrameda–, y de las cinco naves originales
sólo quedaban dos. Habíamos cambiado capitanes por
fallecimientos e ineptitudes, pero la voluntad de llevar a
puerto final la travesía se hallaba invicta en nuestros
fueros interiores.

La nave Victoria, la más ligera, fue la primera en
ganar distancia. Pero la Trinidad, con sus ciento diez
toneladas de peso y una fatiga incalculable por los ava-
tares del viaje, se negó como mula terca a proseguir el
camino. Al levar el ancla, los primeros giros del cabrestante la inclinaron a estribor, y desde ese momento se
supo que una vía de agua la lastraba sin cesar, imposibi-
litándola para continuar el trayecto. A pesar de las labores
de achique, el agua le inundaba la cala, y ni los buzos
expertos puestos a nuestro servicio por el sultán Almanzor
pudieron encontrar bajo el agua el desperfecto.

En esas condiciones, y para aprovechar los vientos
del Este –que sólo soplan en esa época del año–, resolvimos

dividir la tripulación y abandonar al Trinidad. La nave capitana, elegida por Magallanes para dirigir a la flota desde sus castillos, se quedaría en Tidore para ser carenada y calafateada como Dios manda, esperaría los vientos del Oeste que soplan varios meses después, y volvería a España por el camino del Darién –en la cintura del Nuevo Continente–, que suponíamos más seguro. Años después, supe que la vieja nave jamás llegó a Panamá, que la tripulación fue lentamente diezmada por una serie de calamidades, y que el barco nunca regresó a Europa.

En Tidore se quedaron cincuenta y tres tripulantes de los nuestros, al mando de Gonzalo Gómez de Espinosa. Almanzor dijo que serían tratados como sus hijos, y que les facilitaría el camino de regreso. En el Victoria, además de sus ochenta y cinco toneladas de calado, íbamos cuarenta y siete tripulantes originales, trece aborígenes de distintas islas, y un cargamento de seiscientos quintales de clavo, más otros cien de canela y nuez moscada, como merecido galardón de nuestra travesía. Meses después, en medio del mar y del hambre, comprobamos que de nada sirven las especias cuando no hay alimento.

En el momento crucial de la división de la menguada flota, y cuando muchos aplaudieron la decisión de quedarse en aquellas islas, yo sentí la obligación imperiosa de proseguir la empresa hasta su destino final, impulsado por una fidelidad ineludible hacia la idea original de Magallanes. Y en ese momento, también, las entrañas se me sublevaron al escuchar la resolución de que el capitán de la única nave que volvía sería el español Juan Sebastián Elcano, nacido en Guetaria. Cualquiera que lea mis célebres escritos del viaje de Magallanes, notará que no hago ninguna mención del español.

Este Juan Sebastián Elcano zarpó como maestre de la Concepción, y desde que lo vi jamás me gustó su porte. Un hombre recio, sin duda, pero ya mayor –tendría más de cuarenta y cinco años–, con el rostro alargado y las cejas siempre un poco alzadas, como tomando distancia altiva de sus semejantes. Como oficial de la flota nunca destacó por sus virtudes, pero en la Bahía de San Julián su nombre se me grabó para siempre: ahí, aprovechando la perfidia de los capitanes españoles contra Magallanes, se puso pronto del bando de los rebeldes, y quedó al mando del San Antonio cuando tres de nuestros barcos cayeron en poder de los sublevados. De no ser por la benevolencia del propio Magallanes, que le perdonó la vida después de la fallida conjura, el capitán Elcano hubiese acabado sus días descuartizado como los traidores Mendoza y Quezada. Y ahora ese mismo tunante, reducido a la sombra durante todo el trayecto, quedaba al frente de la única nave capaz de regresar a España. Mi obediencia y mi disciplina de tripulante estuvieron a punto de volar por los aires.

Para colmo, en las Molucas fuimos informados de que el rey de Portugal había montado en cólera al saber que Magallanes trataba de ganar las islas de las especias para el rey de España, y que hacía tiempo que había mandado a varias flotas para interceptarnos y liquidar cuentas con sangre y fuego. De manera que el trayecto de regreso estaba cuajado de navíos y puertos enemigos, y habría que añadir una buena dosis de astucia a las dotes de navegantes para poder regresar a salvo. El panorama no podía ser menos favorable: muerto Magallanes, sus enemigos le perseguían sin tregua, y un capitán indigno de tal empresa se hallaba al frente de la única nave sobreviviente.

Con todo y las deslealtades, y con la única certidumbre de contar con vientos favorables, zarpamos en el Victoria hacia nuestro punto original de partida. En la despedida a todos se nos estrechó la garganta, porque habíamos construido una fraternidad muy compacta a pesar de las desavenencias y las trifulcas a bordo. Los que se quedaron en tierra con un futuro nebuloso nos fueron siguiendo en una lancha tan lejos como pudieron, y los que zarpamos nos alejamos entre descargas de artillería. El Victoria fue ganando velocidad con el vaivén de la marejada, y la quilla parecía una espada implacable que partía el oleaje en su avance hacia el Poniente. Al caer la noche, por temor ante lo desconocido o por la imperiosa necesidad de que nuestros corazones descargasen su cauda, cantamos a voz en cuello bajo el cielo estrellado. Extraña sensación aquella: la de sentirse solo en el mar, prisionero en un barco, y al mismo tiempo libre en el rumbo, y unido al resto de la tripulación por una hermandad más firme que las jarcias del navío.

Para añadir asombros a las sorpresas del viaje, en el periplo por el archipiélago que rodeaba por el sur a las Molucas encontramos las maravillas más fascinantes de la travesía. Entre las islas de Cafi y Sulach hay pigmeos de estatura ridícula, y caníbales que ensayan variados guisos con la carne aderezada de sus semejantes; en Buru hay frutos exquisitos y desconocidos por nuestros paladares; en Malúa habitan los hombres más feos y más salvajes de la tierra, que visten adornados con colmillos de jabalí y con colas de cabra, y que llevan las barbas envueltas en hojas de caña; en Java las mujeres guardan tal fidelidad a sus maridos que los acompañan a la hoguera una vez que mueren y son incinerados; en Arucheto hay hombres con orejas de elefante, que les sirven para taparse del frío nocturno; en Ocolora habitan mujeres sin varones a quienes fecunda el viento; en Siam hay una raíz llamado ruibarbo que se utiliza como eficaz purgante y en Timor, una isla de buen tamaño, el diablo se aparece cuando los nativos cortan la olorosa madera del sándalo. Tal vez hechizados por ese aroma, o por el justificado temor de que el diablo se embarcase en el Victoria y nos desviase para siempre el rumbo, en Timor se fugaron del barco un grumete y un paje, que desaparecieron entre el follaje de la selva mientras cargábamos de víveres los pañoles. Eran Martín de Ayamonte y Bartolomé de Saldaña, los cuales, mal vestidos y con sus dentaduras carcomidas por la enferedad de los marinos, aún me visitan en sueños.

A principios de febrero abandonamos la isla de Timor y, por temor a caer en manos portuguesas, nos alejamos de las costas de Sumatra y Java navegando hacia el Suroeste, con el ancho mar por delante, hacia el Cabo de Buena Esperanza. En ese tramo, que el propio Magallanes había ya recorrido en sus expediciones guerreras bajo la bandera de Portugal, volvimos a vivir las ansiedades y penurias que tuvimos a lo largo del Pacífico: la carne que llevábamos no estaba suficientemente salada y tuvimos que arrojarla a los pescados; nuestra ración de arroz y agua nos dejaba siempre hambrientos y débiles para llevar a cabo las labores a bordo; el número de enfermos fue creciendo durante el trayecto, y los días de bonanza marina con las corrientes en contra nos impedían avanzar y nos hundían en una calma soporífera.

Habíamos navegado aproximadamente mil seiscientas leguas desde las islas de las especias hasta el sur de continente africano, y entrando el tercer mes sin ver un asomo de tierra la tripulación mostraba ya la impaciencia febril que produce la monotonía del oleaje. Algunos sugirieron doblar la costa hacia Mozambique, donde había una colonia portuguesa, y rendirnos a nuestros rivales. Pero la mayoría, obcecada por los dictámenes de la honra, preferimos reanudar el viaje hasta llegar a España pagando cualquier precio.

Ese precio lo pagamos pronto, porque el océano pareció encolerizarse con nuestros titubeos, y los vientos del Oeste nos enviaron una tempestad que nos hizo varios estragos en la nave. El 8 de mayo vimos tierra, nos acercamos lo más que pudimos para poder doblar el Cabo rumbo al Norte, y la furia del mar me hizo recordar los tiempos en los que se pensaba que el mundo terminaba en este sitio. Antes de los viajes de Bartolomé Díaz y de Vasco de Gama nadie había tenido la osadía de navegar hacia la India por estas aguas, y el propio Díaz había bautizado este Cabo con el nombre de Las Tormentas. Ahora comprendo su sentencia.

Al acercarnos a tierra firme, del Poniente se desató una marejada que nos fue derivando hacia estribor, y los latigazos del oleaje sobre las bordas fueron tan repentinos que nos impidieron la rapidez en las maniobras. Por eso, y porque la nave ya resentía los descalabros de tan largo trayecto, la tempestad nos rompió el mastelero y la verga del trinquete, y una vez que bajamos todos los velámenes el casco fue presa de unas sacudidas que le aflojaron el último calafateo, y que le abrieron sin clemencia varias vías de agua. Resulta curioso que, a medida que uno se acostumbra al temperamento voluble del mar, el temor a la muerte va desapareciendo, dejando su lugar a una especie de previsión de los daños que podrían ocurrir: a mitad de la tempestad, lo preocupante no era la eventualidad de un naufragio, sino la conservación de los mástiles y las jarcias, la protección de los pocos alimentos que nos quedaban, la custodia del timón, la rapidez en el achique, el mantenimiento del equilibrio para no caer por la borda y el amarre de los enfermos, esos cuerpos inermes que andaban a la deriva, rodando como guiñapos sin voluntad y golpeándose contra los pañoles bajo la cubierta.

Después de los arrebatos de la tormenta doblamos el Cabo del mismo nombre, y con la nave en pésimas condiciones tomamos dirección hacia el Norte, donde nos esperaban las islas Canarias, el estrecho de Gibraltar y la gloria eterna. Pero antes de eso, tuvimos que soportar la prueba más dura, porque navegamos cinco meses sin tocar tierra, desde las islas orientales hacia el extremo poniente de África, y en ese trayecto la muerte se subió como polizonte al barco y se fue llevando a los tripulantes de una manera callada pero implacable.

Antes de llegar a Cabo Verde tuvimos que darles marina sepultura a veintiún hombres, y mientras flotaban entre las olas antes de convertirse en banquete para los peces vimos que los cristianos se despedían del mundo con la cara al cielo, mientras que los nativos reposaban con el rostro viendo hacia las profundidades del océano. El 9 de julio echamos el ancla en Santiago, un puerto portugués de las islas de Cabo Verde. Todos nosotros estábamos en condiciones deplorables, pero habíamos decidido no rendirnos jamás a nuestros enemigos, y por eso nos valimos de la astucia para obtener víveres en el puerto. Nuestro plan fue el de enviar una lancha a tierra, con el embuste de que veníamos de las costas de América, y no de las islas de las especias. El mástil del trinquete averiado hizo verosímil la historia de que las marejadas nos habían fustigado al pasar la línea equinoccial, y el desfallecimiento de la tripulación despertó la misericordia de los portugueses hacia nosotros.

De regreso a la nave, la lancha no sólo llegó cargada de alimentos restauradores, sino que también nos trajo la noticia de que en aquella isla el día de la semana era un jueves. A bordo, lo importante era saciar de cualquier forma el hambre que nos minaba paulatinamente las fuerzas, y por eso nadie le dio importancia al asunto. Sin embargo, el piloto Francisco Albo y yo comparamos nuestros diarios, y concluimos que era imposible una equivocación de nuestra parte. Así, al ponernos a cavilar sobre el asunto, dedujimos que habíamos ganado un día en nuestro viaje alrededor del mundo, y cualquiera que viajase en la misma dirección –de Este a Oeste– llegará a cambiar de día en un momento de la travesía. Solamente por este descubrimiento, pensé ante tal revelación, el viaje había valido la pena.

Lo que no valió la pena fue el envío de una nueva lancha al puerto, porque a falta de mercancías para intercambiarlas por víveres para el camino de regreso, nuestros enviados llevaron tres quintales de clavo, y esa codiciada especia despertó entre los portugueses la sospecha de nuestra procedencia. ¿Árbol del clavo en el Nuevo Mundo? No, señor, ese detalle nos delataba como ninguno, y por eso el capitán del puerto ordenó nuestra inmediata aprehensión, porque estábamos invadiendo las rutas exclusivas de Portugal, y porque la flota capitaneada por Magallanes tenía su precio, como la cabeza de cualquier pirata.

A ver que la lancha no volvía al Victoria, y cuando nos enteramos de que se estaba preparando nuestra captura, de inmediato aprovechamos el viento favorable para hacernos a la vela y, con el remordimiento de dejar a doce de nuestros hombres en manos del enemigo, decidimos poner el botalón de la proa con rumbo definitivo a España. En Cabo Verde se quedaron varios marineros, sobresalientes y lombarderos, pero a mí me dolió en especial la pérdida del despensero Pedro Tolosa, porque fue un hombre que jamás metió las manos a las vituallas para su propio provecho, y porque era de los pocos que se ponían a cantar de cara a la muerte.

Desde mediados de julio hasta los primeros días de septiembre, las fuerzas de nuestros brazos se fueron carcomiendo como los maderámenes del barco. La fractura del trinquete nos impedía avanzar con todas las velas cuando teníamos el viento a favor, y el cansancio del navío le abrió las junturas: las vías de agua empezaron a multiplicarse como epidemia por toda la cala. La sentina se fue inundando a un ritmo cada vez mayor. Las labores de achique eran insuficientes, porque los brazos eran escasos y las fuerzas nulas. Nuestros últimos alientos estaban reservados para las maniobras de izar y arriar las velas, pulsar el timón y subir a la cofa, con la esperanza postrera de divisar la tierra.

Como si fuésemos un leprosario ambulante, que aprovecha los mínimos soplidos del viento para avanzar hacia su propio cementerio, la nave se arrastró hacia la costa con el último impulso. El 4 de septiembre, apenas

El Retorno al Puerto de Sanlucar

reventó el alba, el horizonte nos regaló la silueta del Cabo de San Vicente. Era todo un prodigio: de pronto, como si la vida fuese un ciclo que se abre y se cierra siguiendo los dictados de una voluntad arcana y misteriosa, sentí que había vuelto a nacer. Era el final de una lucha encarnizada, después de un dolor que parecía no tener fin, pero que culminó con una bocanada de aire refrescante, como si abriese las fosas nasales en el primer respiro de mi existencia. Al borde de la muerte, nos inundaba una energía sobrecogedora.

El 6 de septiembre de 1522 saltamos al muelle de Sanlúcar de Barrameda, y en ese brinco la humanidad se estremeció con la noticia de que habíamos concluido el primer viaje alrededor del mundo. A partir de ese momento, se desbarató en pedazos la vieja noción de que la tierra era plana, que el mar desembocaba en un abismo interminable, y que al hombre le estaba vedado el conocimiento del mundo. Nuestra hazaña confirmaba que la tierra era esférica como un melón, que todos los mares forman un espacio continuo y navegable, que al sur del nuevo continente existe un estrecho que permite el paso de las naves, y que el sueño –labrado por Colón– de llegar a Oriente navegando hacia Occidente era perfectamente posible. Desde que llegamos a Sanlúcar, como muestra palpable de nuestro itinerario, la desembocadura del Guadalquivir se inundó con el olor del clavo que llevábamos a bordo. Más todavía, nuestro viaje demostró que navegando siempre en una misma dirección se regresa al punto de partida, y que el mundo es una habitación enorme donde no cesan las maravillas.

Al anclar en el muelle de Sevilla disparamos por última vez el fuego de nuestra ronca artillería, y la población nos recibió en calidad de héroes. Todos nos creían muertos. Hacía tres años menos catorce días nos habíamos lanzado a la empresa más temeraria jamás concebida, y de los doscientos treinta y siete tripulantes sólo volvíamos diez y ocho. La mayoría enfermos, con semblantes de desahuciados, arrastrándonos en andrajos, con apariencia de fantasmas. De las cinco altivas naves con las que desafiamos los mares sólo volvía una, acaso la más pequeña, con el casco en ruinas, remolcada hasta el muelle por el cansancio, pero con el merecido nombre de la Victoria. Habíamos pisado la costa de Brasil, rodeado la Tierra del Fuego, fondeado en las islas de Zubu y de Borneo, entrado en las Molucas, bajado hacia Timor, doblado el Cabo de Buena Esperanza, librado las acechanzas de Cabo Verde y regresado como sobrevivientes al muelle de nuestra partida, yo con la vista clavada en los campanarios de Sevilla pensé en nuestros muertos, en los que no aguantaron las penurias a bordo y fallecieron de hambre, en los que enfermaron y fueron tragados por los mares, en los que murieron sacrificados por las lanzas de Cilapulapu, en los que quedaron en Tidore con el regreso incierto, en los que agonizaron en los mares de África, en los que fueron capturados en Cabo Verde y en el puñado de desfallecientes que desembarcamos como los primeros hombres en dar la vuelta al mundo, y me hinqué en el muelle para besar, por todos nosotros, el suelo generoso de la tierra entera.

Acabo mi testimonio sin guardarme nada, dejando al mundo lo que callé durante tantos años por vergüenza, por pudor o por encono. Desde nuestro regreso, me enteré de que la nave San Antonio –que se amotinó y volvió a España antes de cruzar el estrecho hacia el Pacífico–, estaba en Sevilla desde hacía un año, y que sus oficiales andaban profiriendo mentiras y sentencias adversas a Magallanes. A esas voces se sumó presurosa la de Juan Sebastián Elcano, quien se encargó de empañar el nombre de Magallanes para quedarse con la gloria de haber completado la extraordinaria aventura de darle la vuelta a la tierra.

Mientras el rey Carlos condecoró a Elcano con todos los honores, la perfidia y el silencio rodearon a los familiares de Magallanes, cuya voluntad final se guardó para siempre en el olvido. En pocos años, Magallanes quedó sin descendencia, y su nombre fue borrado de la hazaña más grande realizada hasta esa fecha. Por si eso no bastase, las codiciadas islas de las especias, concebidas como el tesoro máximo de los aventureros y comerciantes de los tiempos de los grandes descubrimientos, fueron reducidas a mercancías intercambiables. En 1529, para desembarazarse de una disputa, el rey Carlos vendió las Molucas a Portugal por trescientos cincuenta mil ducados, y el mundo quedó repartido a satisfacción de todos. Para esas fechas, también, los descubridores y navegantes quedaron fuera de los márgenes de la memoria.

Hoy me doy cuenta de que el final del viaje me inundó de amarguras el alma, y que no hubo reunión de gala ni conversación entre nobles que me limpiara de rencores y desdichas. Pero han pasado los años, y el tiempo se ha vuelto el bálsamo curador de mis depresiones. Por eso he vuelto a mis intenciones originales, que fueron las de escribir un libro para los viajeros y navegantes de la posteridad. Para ellos he querido afirmar la verdad con sus noblezas y sus infortunios, más allá de mis dolores y mis vergüenzas.

Quiero decir que en mis cuarenta y tres años de vida he sido caballero, grumete, sobresaliente, corsario, hombre mal herido y sobreviviente de batallas, y que he llegado a saber que cualquiera puede llevar a cabo el mejor o el peor de los oficios. El alma se me sigue cuarteando cada vez que pienso en Magallanes, pero ahora lo veo cada vez menos como un Titán invencible, y cada vez más como un hombre con sus virtudes y deficiencias. Sobre todo lo recuerdo en sus momentos de benevolencia más que en los de dureza, y veo que fue capaz de perdonar a Juan Sebastián Elcano después de aquella sublevación que casi le costó el mando de la empresa. Y si Magallanes perdonó a Elcano sin guardarle remordimientos, mi deber es hacer precisamente lo mismo. Finalmente, Elcano fue un capitán decidido, y a la postre resultó el hombre que tuvo el coraje necesario para completar la obra de Magallanes. Por eso su nombre vivirá en el corazón de los marinos junto al nombre del portugués.

Debo también perdonarme a mí mismo. He dicho en este escrito que amé a escondidas, que maté con furor, que maldije mil veces a mis iguales y que me desesperé al punto de desear mi propia muerte. Soy a fin de cuentas un hombre como cualquiera, con el espíritu siempre dispuesto tanto al alba como al ocaso. Y es este hombre rupestre el que les habla y les dice que el viaje a lo desconocido siempre vale la pena, que la inmovilidad en puerto seguro es la verdadera muerte, y que a pesar del olvido y la falta de descendencia Magallanes vivirá invariablemente en el corazón de los valientes, y aunque su nombre sea borrado de los anales de la historia siempre habrá hombres como Magallanes dispuestos a navegar hacia el futuro, rompiendo el oleaje hacia el crepúsculo y recorriendo el ancho mundo para conquistar el propio fuero, empeñándose hasta volver con la victoria al punto de partida, sin importar que los restos descansen para siempre en el trayecto.

Cuando en los albores del siglo XV se iniciaron los grandes días de las exploraciones marítimas, ya los hombres de las tierras del Mediterráneo hacía más de dos mil años que dirigían sus miradas hacia el Oriente. Esta inquietud la explicaban sus deseos de aventuras y su espíritu de saber, pero también estaban persuadidos de que más allá de los áridos desiertos del Norte africano se hallaban tierras de increíbles tesoros ocultos. El afán de encontrarlos hizo que los griegos y los romanos –en tiempos remotos– y, más tarde otros pueblos de Europa, se lanzaran en busca de fortuna hacia esas tierras lejanas y misteriosas.

A lo largo del siglo XV quedaron establecidas rutas comerciales entre los pueblos bañados por el extremo este del mar Mediterráneo –el Levante– y las costas de la India. Sin embargo, estas rutas estaban bajo el control de los árabes y eran muy pocos los europeos que habían visto con sus propios ojos el Oriente. Los historiadores desconocen cuántos fueron los hombres que desde la antigüedad hasta 1450 viajaron desde Europa hasta China; debieron ser miles. Mas hubo un hombre de nacimiento veneciano que con sus narraciones inspiró a sus contemporáneos, y a futuras generaciones, a viajar al Lejano Oriente. Este hombre fue Marco Polo, quien en compañía de su padre y un tío viajó hacia 1271 a las tierras de China, Siria y Persia; su expedición duró alrededor de veinticuatro años.

A su vuelta, en 1298, Marco Polo redactó el relato de su viaje, enriquecido con expresivas representaciones en su obra *El millón*.

Pese a que el manuscrito estuvo perdido por más de cien años, sus informaciones constituyeron una fuente de conocimiento y de inspiración en el afán de exploración del hombre por los caminos del Oriente extremo. Marco Polo reveló al mundo las maravillas y riquezas de Catay (China), habló de Cipango (Japón) y su abundancia en oro y de sus recorridos por Ciamba (Indochina), Sumatra, Ceilán y la India.

Pero, ¿cuáles eran los atractivos de Oriente para el hombre de Europa?

En el siglo XV sólo unos cuantos tenían derecho a cazar animales y disponer de carne fresca cada día. La gran mayoría comía carne seca o ahumada que únicamente adquiría un agradable sabor a base de gran cantidad de especias. La pimienta, el clavo, el azafrán, el jengibre, el anís, la mostaza, el cardamomo, el orégano, la casia e innumerables yerbas y granos más, eran muy cotizados por el sabor, aroma y conservación que daban a los alimentos. Asimismo se creía que muchas especias poseían propiedades medicinales, por lo que servían de alivio en las fiebres infecciosas. De Oriente, llegaba también a Europa una diversa variedad de telas ligeras, muy apreciadas para la ropa de uso diario, además de los artículos suntuarios, como las ricas sedas entretejidas con oro, las perlas y piedras preciosas y las lujosas y maravillosas alfombras de distintos hilos. Así, Oriente se entendía como las distantes y legendarias tierras de las especias y los tesoros de Catay, Cipango, la India, Ceilán y el conjunto de islas que componen el archipiélago malayo, conocido entonces como la Especiería o simplemente las Islas de las Especias.

En los comienzos del siglo xv los pueblos de Europa dependían de los traficantes árabes y los mercaderes de Venecia y Génova para surtirse de productos orientales. Sin embargo, las fáciles transacciones a través de las rutas terrestres hasta la India se encontraron con un fuerte obstáculo: el imperio otomano. Fundado por Osman, un jefe turco de principios del siglo xiv, el imperio otomano fue haciéndose de manera gradual del control de buena parte del Oriente Medio para finalmente tomar Constantinopla en 1453 y cerrar así el acceso por tierra a Oriente. Esta circunstancia, obligó a las naciones de Europa, primero a Génova y Venecia y, tiempo después, a Portugal y España, a buscar una alternativa marítima hacia el Oriente. Fue esta alternativa la que otorgó un nuevo ímpetu al afán de exploración hacia las tierras legendarias descritas por Marco Polo.

A lo largo del siglo xv los europeos hicieron grandes adelantos en las técnicas de construcción de naves y en la ciencia de la navegación. La utilización de medios de orientación como la aguja magnética y la brújula de agua, y de medios de navegación como la carabela portuguesa, nave ligera y rápida que disponía, a más de las comunes velas cuadradas, de velas triangulares que le permitían aprovechar todos los vientos, permitieron a los europeos alcanzar por mar el Oriente. Un importante asidero de cualquier iniciativa en este sentido vino a suscribirlo la aparición de obras de carácter científico que ofrecían una nueva visión cosmográfica, así como los relatos geográficos que empezaron a estar en boga. Los temas sobre la mesa eran la esfericidad de la Tierra, la habitabilidad de la zona tórrida y la posibilidad de navegar por el hemisferio sur.

Impulsado por el príncipe Enrique El navegante, Portugal fijo el proyecto de establecer una ruta que bordeando África por el Cabo de Buena Esperanza, lo llevara directamente al Oriente. Este proyecto fue realizado por Bartolomé Díaz (1488), Vasco de Gama (1498) y Pedro Álvarez de Cabral (1501), quienes siguiendo esa ruta condujeron a Portugal hasta la India y con ello a la consolidación de un imperio portugués en Asia.

Por su parte España, con el firme propósito de hallar un camino a Oriente, avaló y promovió la propuesta de Cristóbal Colón de buscar una ruta a Catay y Cipango navegando por el Poniente. Los asombrosos resultados de los viajes de Colón –el encuentro fortuito del Nuevo Mundo– y las expediciones subsecuentes de reconocimiento y conquista de las tierras recién descubiertas, desviaron temporalmente la atención de España en Oriente. El imprevisto hallazgo por parte de Vasco Núñez de Balboa, de un nuevo océano más allá de las Indias en el año de 1513, animó a los españoles a retomar la intención de navegar por Occidente hacia las islas de las Especias. Paradójicamente, esta intención habría de encontrar en un hidalgo portugués el mejor emprendedor.

Nacido en Oporto en 1480, Hernando de Magallanes conocía el Oriente y la ruta portuguesa de Buena Esperanza por haberse embarcado en el año de 1505 en la flota que llevó a la India al virrey portugués Francisco de Almeida. Este viaje lo realizó Magallanes en compañía de un primo, Francisco Serréo (Serrano) quien se quedó en el Moluco a la vuelta de Magallanes a Lisboa. Mientras Magallanes maduraba el plan de buscar la Especiería navegando por el Poniente y buscando un paso al Sur que comunicara los océanos, su pariente Serrano le hacía llegar información de incalculable valor sobre la riqueza de las islas Molucas.

Despreciado su proyecto por el rey de Portugal, Manuel, Magallanes, asociado con el astrónomo Ruy Faleiro, acudió a la corte española a presentar su propuesta. Aprobada por el rey Carlos I el 22 de marzo de 1518, la capitulación comprometía a la Corona de España a no dar licencia a ningún otro navegante para descubrir el mismo derrotero en un plazo de diez años, sin mediar consentimiento de Magallanes y su socio. A éstos se les prohibía entrar en la zona asignada a Portugal por el Tratado de Tordesillas, que delimitaba en una demarcación zonas de influencia, en tierras descubiertas o por descubrir tanto para España como para Portugal.

La organización y los preparativos del viaje fueron largos y complicados: conseguir los inversionistas para la empresa; carenar y aprestar las naos, disponer la artillería y los pertrechos de guerra y llenar las bodegas de provisiones, bizcocho y agua dulce. Finalmente la expedición a cargo de Hernando de Magallanes zarpó de San Lúcar el 20 de septiembre de 1519. Cinco naves, llamadas la Trinidad, capitana, la Concepción, la Victoria, la Santiago y San Antonio componían la flota inicial como más de 250 tripulantes del majestuoso viaje al que la tradición histórica habría de acuñar como el primer derrotero de circunnavegación.

La trascendencia del viaje Magallanes-Elcano, llamado así por haber sido este último quien, a la muerte de Magallanes, se encargó de llevar la expedición a España desde el Moluco, por el Cabo de Buena Esperanza, se apoya en varios elementos importantes. El primero, el carácter mismo de la travesía y la descripción de un derrotero, al trazarse una línea de navegación atlántica, intuir un paso al sur del continente americano y reconocer las características de un estrecho, llamado en ese momento de los Patagones. Segundo, aventurarse en la travesía de un mar inmenso, desconocido, al que por su tranquilidad –aparente– denominaron Pacífico y establecer así, una ruta de destino a las Islas del Moluco.

Un tercer elemento fue el descubrimiento de dos archipiélagos que con el tiempo, formarían parte del imperio español: uno, el llamado por Magallanes y los suyos, Islas de los Ladrones, por los robos que ahí sufrieron por parte de los nativos; y que en el siglo XVII cambió su nombre por el de Marianas. El otro archipiélago fue el que bautizaron con el nombre de San Lázaro, por ser ese día en el que por primera vez pusieron pie en una de sus islas y al que años después, Ruy López de Villalobos nombraría Filipinas, en honor al príncipe heredero Felipe. El archipilago filipino despertó en Magallanes particular atracción. Visitó las islas de Samar, Leyte, Cebí y Mactán, en donde murió al tratar de intervenir en un enfrentamiento entre los jefes nativos de la isla, retrasando así y para siempre su llegada a la tan deseada Especiería.

Un cuarto elemento fue el reconocimiento de las Molucas por parte de los sucesores de Magallanes y la comprobación de la riqueza y calidad de sus especias. Se dice que la carga de clavo y otras clases diversas que llevaron de regreso a España los tripulantes que sobrevivieron la expedición, sirvió para liquidar con suficiencia los gastos de toda la armada.

Un quinto elemento fue la demostración, ya sin discusión de la esfericidad de la Tierra.

Lo ocurrido a la armada de Magallanes a lo largo del viaje, lo conocemos por testimonios de testigos presenciales. Uno de ellos fue un italiano embarcado como sobresaliente en la nao la Trinidad como Antonio Lombardo y cuyo nombre verdadero era Antonio de Pigafetta. Él escribió una crónica de la expedición: *Primer viaje en torno del globo* que recupera anotaciones diversas de todo lo que vio y escuchó a lo largo de la travesía. Muy afecto a Magallanes, Pigafetta nunca escribiría en su relato el nombre de Juan Sebastin Elcano, ni siquiera cuando éste condujo la única nao sobreviviente, de retorno a España desde el Moluco.

Al parecer Elcano, una vez que se hizo cargo de la expedición, empezó a escribir un diario que no conocemos, pero su versión quedó impresa en *La historia general y natural de las Indias* de Gonzalo Fernández de Oviedo.

Este libro se terminó de imprimir en el
mes de noviembre de 1993 en los talle-
res de Marco Impresores, Atrio de San
Francisco, 67; Col. San Francisco Coyoa-
cán. El tiro fue de 5 000 ejemplares.